苓菁作品

苓菁作品

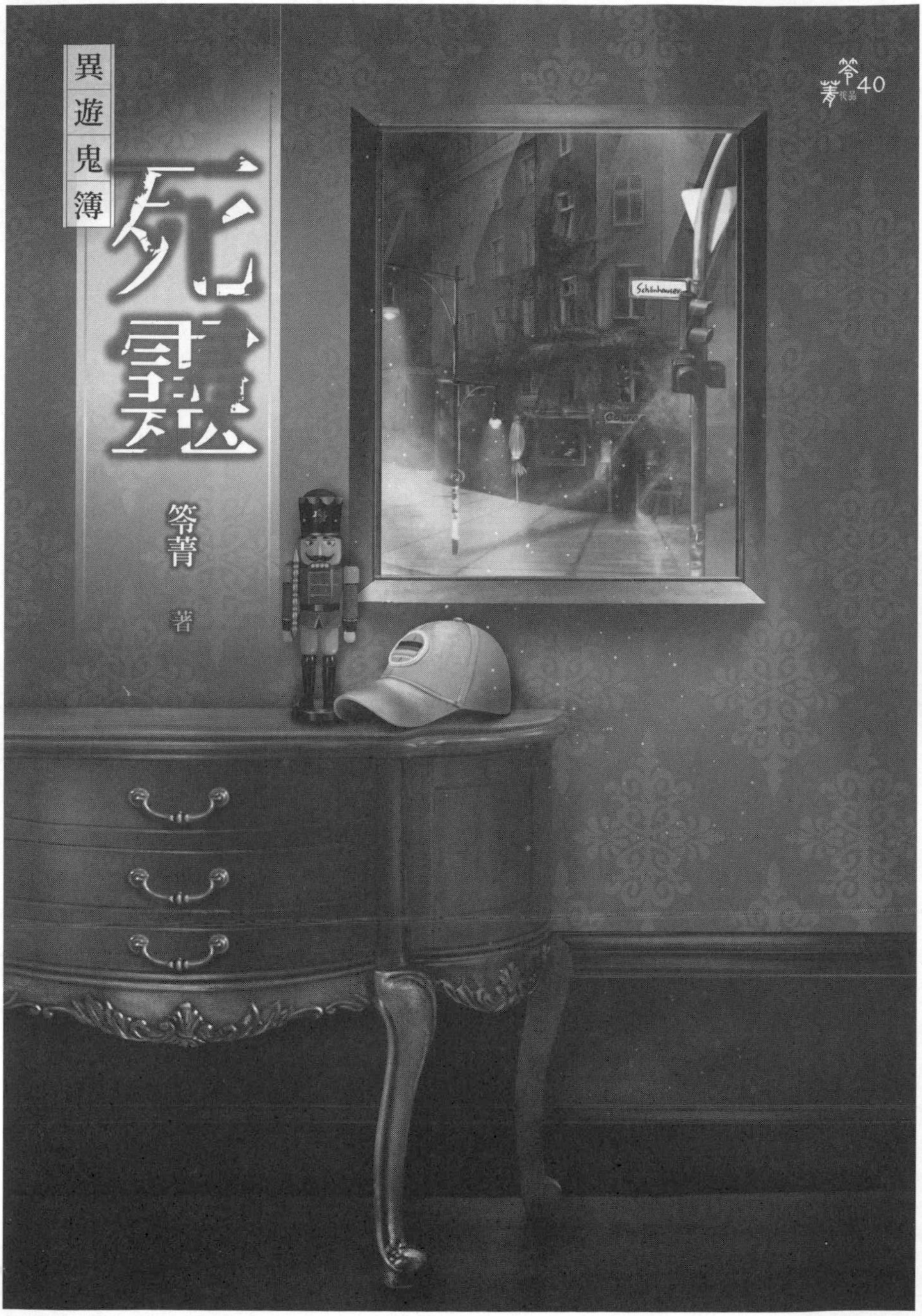
異遊鬼簿
死靈
笭菁
著
笭菁作品40
Schönhauser

目錄

CONTENTS

異遊鬼簿：死靈

楔子

夜半，冷冽的槍響在地下室迴盪，幾名軍官急如星火的衝入石室內，卻看見地上倒著的那名高級將領已然沒了呼吸。

子彈貫穿過他的眼，由後腦而出，鮮血漫流一地。

「我不可能會失敗！」一個身形甚矮的男人手裡擎著仍飄著白煙的槍，激動的大喊，「你們這群沒用的廢物！不該為失敗找藉口！」

所有的軍官不由得敬畏的向後退，蘇聯已步步進逼，德軍卻節節敗退，眼看就要逼近柏林了。

一道輕盈的腳步聲自石梯上傳來，伴隨著長裙拖曳的沙沙聲響，一個女人憂心忡忡的趕了下來，她一看見裡頭的屍體，不由得皺了皺眉頭。

「怎麼？」愛娃是唯一敢大膽走進去的女人，她望著躺在地上的屍體，是她的親人，也是侍衛長，「菲格萊因！」

「他企圖叛逃。」男人雙眼露出毫無人性的殺氣，「他——意圖背叛我，所有人都要背叛我了！你、你、你——」

槍口狂亂的輪流指向站在前方的數名軍官，他們臉色慘白，知道自己不能閃躲但卻恐懼至極。

「阿道夫。」女人絲毫不畏懼男人手上的槍，反而將他的手壓下，「我在這裡。」

愛娃溫柔的笑著，阿道夫緊皺著眉任她拿去手上的槍枝，她淡淡的瞥了屍體一眼，再向軍官使使眼色，他們很快的上前，將屍體拖了出去。

同盟國不停的勝利，德軍節節敗退，眼看著他的納粹帝國即將瓦解，她知道阿道夫無法承受這樣的失敗。

自從去年有人試圖暗殺他後，他就變得更加疑神疑鬼，現在正值危急存亡之秋，人心浮動之際，阿道夫也已亂了陣腳。

愛娃上前，緊握住男人的手，試圖給他勇氣與支持。

「愛娃……」男人抵著桌子，雙肩頹喪，「情勢已經不利於我們了！」

「嗯。」

「妳快走吧！我讓人護送妳離開柏林。」他轉過來，看著這一生他最信任的情婦。

愛娃搖了搖頭，只是給予堅定的笑容。

「我會陪你到最後的。」她在他臉頰上輕柔一吻，「你是大總理啊，怎麼能那麼快就意志消沉？好多人正等著你的領導呢！」

「紅軍快來了。」他比誰都清楚敵情。

「你是阿道夫．希特勒。」愛娃雙眼裡滿是堅信不移，「沒有事情能難得倒你，冷靜下來，你可以反敗為勝的。」

阿道夫沉靜的望著愛娃，但他心底清楚，大勢已去。

為什麼會走到這個地步？他明明擁有天時地利人和，他們是銳不可擋的納粹啊！

「Alex！」他緊皺起眉頭，「把 Alex 帶下來——一切都是因為他！因為他！」

愛娃深吸了一口氣，回身往門口走去，低聲轉告了軍官，大總理要 Alex。

數分鐘後，鐵鍊敲擊著石階，在地底走道中劃出一道道的迴音，男孩身上戴著腳鐐手銬，左右兩個壯漢架著他的腋下，讓他離地行走，腳鐐上的鐵鍊，就一階一階的滑下石梯。

男孩瘦骨嶙峋，他被直直拖進地下室的大廳裡，扔在冰冷的石地上。

「你看見什麼了？」阿道夫隻手揪起男孩破爛的衣領，很難想像幾個月前，他穿的還是無比華麗的服裝。「說！」

男孩餓得發昏的雙眼緩緩睜開，映入眼簾的是一個燃著火的頭顱。

阿道夫的全身都燃燒著大火——孩子泛出一個滿意的笑容。

「下地獄吧！」

第一章・訪客

才抵達飯店剛放下東西，米粒就開始檢查屋子的每一個角落，彤大姐則是一路上都神經兮兮，我背包裡的炎亭異常乖巧，在我們沒讓它出聲前，它就像具真正的木乃伊般不敢妄動。

因為上次在西班牙時遭人跟蹤，我突然發現似乎從很久以前開始，我們就已經被人跟監卻渾然無所覺，這讓大家如同驚弓之鳥般，不敢大意。

噢，差點忘了最基本的自我介紹。

我叫安蔚甯，大家都叫我安，是個曾經情感闕如的女人。簡單來說，我沒有情緒的極致表現，不會盛怒、極悲、狂喜或是恐懼，原因出在我的前世曾發生過一點事，導致我在悲涼的死亡前一刻，向具有神力的日本巫女許下這個心願。

「我現在嚴重懷疑連蟑螂都是監視者！」豔麗的彤大姐拿出剛剛在便利商店買的啤酒，把自己摔進沙發裡，豪爽的喝起來。

這位正義罩身的美豔女人，是我過去任職於雜誌社的同事，而意外的，她就是那位巫女轉世……不過轉世不代表什麼意義，因為她既沒有特殊靈力、也沒有什麼莊嚴聖潔，咳！

「我寧可相信，那個黑色宗教太奇怪了。」窗邊的男子擁有模特兒般的身材，長得迷人，也曾是我的同事，兼職模特兒，他叫莫一立，大家都直接叫他米粒，現在是我的男友。

前世的巫女知道我當時是哀莫大於心死，才會許下那樣的遺願，所以為我留了條後路，讓我失去的極端情感散落在世界各地，我必須透過旅行及一連串生死關頭，才能找回那些情感。

而告訴我這驚人事實的，是我背包裡那具青灰色肌膚、瘦骨嶙峋的乾嬰屍。

「炎亭，你可以出來了。」米粒拉上最後一道窗簾時，對著我沙發上的背包交代道。

一隻乾枯的小手攀上背包邊緣，蓋子掀了開，一顆木乃伊的小頭竄了出來。

『餓了。』它皺起眉，整個爬出背包外，手裡還抓著它的專屬圍兜兜。

乾嬰屍是泰國能力最強的養小鬼容器，通常是將靈力強大的嬰兒靈魂迎進空殼般的乾屍裡，炎亭是特例，它擁有強大的能力，同時也被做成乾嬰屍，當初是我同事們爭相搶奪的高級嬰屍。

只是，陰錯陽差它認定主人是我，飄洋過海來到我身邊，告訴我關於我的情感闕如是前世所造成的，並指示我該去哪尋回。

當全數找回感情後我也才明白，我跟炎亭的相遇不是巧合，是前世種下的緣分；而當我的人生完整後，我也要幫助它，找回它數百年前遭盜走的遺骸，如此它方能升天，進入輪迴。

可是，發生在炎亭身上的事比我的前世還要匪夷所思。埋在青木原樹海裡的遺骨，竟會不翼而飛？那是個只要走進去就無法走出來的地方，數百年前的屍骨卻被盜走，簡直令人難以相信。盜骨者甚至刻意放了一個假草人，裡頭塞了炎亭前世的一根遺骨，藉以矇騙炎亭以為屍骨依然健全！

等我們為了炎亭其他的骨骸一路追到西班牙後，卻發現它的靈魂竟已被人拆解過！

在日本那一世死亡的小夏靈魂，轉世到中古世紀的歐洲，被指為女巫後慘遭殺害，靈魂被封在聖母瑪利亞的蠟像中無法脫離。可是炎亭卻繼續轉世！有人將它的靈魂分解，讓一部分封在塑像中，剩下的繼續轉世。

更讓我們無法承受的，是有一群英國學生說著標準的中文，準確的唸出我的名字、知道我擁有陰陽眼、甚至知道我到過世界哪些地方、發生過什麼事！

那表示我很久很久以前就已經被人監視、跟蹤了，甚至有人跟著我去過泰國、港澳、峇里島及日本！

「安，妳眉頭都皺在一起了！」彤大姐從行李箱拿出玉米片，再打開剛買的鮮奶，「別想太多，船到橋頭自然直。」

「我想到就全身不舒服，他們跟蹤我多久了？為什麼？」那些人現在在哪裡？是不是也跟著我們來到柏林了？

『餓了！』炎亭圍好圍兜兜，一手握著湯匙，拿柄敲著木桌。

「急什麼！」彤大姐白了它一眼，慢慢倒著玉米片，「今天吃少一點好了，這是最後一盒。」

『不要——』炎亭氣急敗壞的想搶過盒子，彤大姐卻一把拿得高高的，兩個人又立刻吵起來。

「彤大姐，讓它吃吧！」米粒笑著，「再去買就好啦，都到德國了，可以讓它吃到世界各國的玉米片。」

『對嘛對嘛！』炎亭興奮的朝著米粒咧嘴而笑。

「會寵壞它的喔，米粒！」彤大姐說歸說，還是倒了一大堆進牛奶碗裡。

「你們怎麼都沒人緊張？」我沒好氣的站起來。

『因為想太多沒用。』炎亭開心的把碗拉近桌緣，準備大快朵頤，『如果妳同意，我把他們都抓過來讓妳問！』

「抓？」我挑眉，炎亭說話的語調太過開心了。

『對啊，抓過來，他們不說就挖開他們的肚子、拉出他們的腸子……』

「吃你的飯啦！吃飯還說這些噁心的東西！」我還沒開口，彤大姐立即敲了它後腦勺一記。

炎亭回頭惡狠狠的瞪著彤大姐，不甘願的噘起嘴，但最後卻安靜的開始吃起它最愛的玉米片。

我知道炎亭是認真的，它不是什麼單純可愛天真的孩子，它是個具有魔性的乾嬰屍，今日若不是我禁止它殺人，它可以用盡各種方式戕害一個人的性命。

因為它對人命沒有什麼感覺，它原本就是被供奉來為主人做事的陰邪小鬼。

「我認為一定有人跟著我們，但防不勝防，我們還是要繼續做該做的事。」米粒拿出德國地圖，「先找到炎亭的頭骨比較重要。」

「炎亭，你感應得到你的骨頭嗎？」我抬起頭問它，它卻搖搖頭。

「感應不到吧？如果知道的話，當初就不會以為在樹海裡便能升天了。」彤大姐難得的細心，「有人刻意讓它感應不到，到底要幹什麼？」

「炎亭，你上一世死在哪裡，記得嗎？」

『也是在一個暗堡裡，但我們總是在移動，我記不清楚。』炎亭咂了咂舌。『給我一個晚上吧，回到這裡後，或許我會想起來。』

我們欣然同意，都已經身在柏林了，應該沒有什麼好擔心的。炎亭的能力應該能讓它想起所有的一切。

「想不想去看希特勒當年舉槍自盡的地方？」彤大姐轉了轉眼珠子，看著我們，「我聽說已經標記出來了。」

「這是一定要的，或許可以指引我們一點方向。」米粒伸了個懶腰，「但現在最重要的，是大家趕緊洗個澡、補足睡眠，以應付隨時會發生的狀況。」

我們不約而同的輕笑，米粒說得沒錯，在飛機上大家都睡不好，雖然之前在醫院裡休息了好一陣子，但心情總是戰戰兢兢。

我們這次住四人房，大家決定不要分開比較好，輪流洗澡、輪流守夜……不過炎亭自告奮勇說要守夜，因為它是我們之中唯一不需要睡眠的人。

「如果失火了，直接叫我們起來就好，不要再搞上次那些花招。」我跟炎亭面對面坐著，「有人來的話叫醒米粒，不許殺生。」

『傷害他們可以嗎？』它問著，雙眼熠熠生輝，尖而銳利的灰色指甲磨出刀聲。

「不能致命。」

『噢。』它露出一臉失望透頂的模樣。

「炎亭知道分寸的。」米粒走上前，輕摟過我，「快點睡吧，明天一早就要起來奮戰了。」

我微笑點頭，站起身時我發誓炎亭跟米粒眨了個眼。

這兩個傢伙，誰在袒護誰啊？

兩張大床，彤大姐自己一張，已經睡到天外天去了，我依偎在米粒懷中，那是最溫暖最安全的懷抱，不知道是否因為由炎亭守夜，我們都非常的放心，幾乎一闔上眼就進入了夢鄉。

我並不意外會沉沉睡著，因為總是在這時候，有些魍魎鬼魅的資訊能趁勢佔據我的腦海，給我一些訊息。

我睡前就曾在心底呼喚：炎亭的前世啊，如果你聽得見，請到我的夢境來，告訴我你在哪裡。

很快的，我感覺有人拉著我，我飄浮在空中，看著一個鄉下地方的母親，辛苦的生下了個男娃娃，他很瘦小，但有雙晶亮骨碌的大眼，一生下來就仔細打量著這個世界。

一歲時，男孩剛會說話，就指著村子裡的一個穀倉說：「火」。是夜，一把火燒掉了那個穀倉，連帶燒毀了附近六間房子，超過二十人喪生。可惜沒人把男孩當作一個保險栓，反而是將他視為災神，彷彿他會詛咒所有人般；接下來男孩成長的過程絕對稱不上順利，因為他能預知生老病死，甚至戰爭。

很快的，法西斯黨員找到他，聰明的希特勒將他奉為「軍師」，因為那孩子擁有預測未來的能力，能幫助他的建國大業。

『我並不想這樣的。』男孩穿著筆挺的小軍裝，用一種無奈的口吻說著，『他問我什麼，我回答看見的東西而已。』

男孩孤身站在一座像是焚化爐的廠房外，望著那灰色的場景。

一幕幕影像彷彿老舊的電影，我看見許多喜出望外的人，爭相排隊出示自己擁有猶太人的血統，因為德軍將給予猶太人開墾一片新天地，只要你是猶太人，就能擁有免費的土地耕作，並有新屋子住。

火車載著一批又一批的猶太人前往遙遠的地方，來到這座像焚化爐的高塔外，每個人臉上雖疲憊卻掩不住興奮的光彩，德軍親切的說請大家稍事休息，洗去一身疲憊後在這兒住一晚，明天就能抵達新田地與溫暖的新居。

不知情的人們井然有序的排隊進澡堂，將自己的行李箱綁上姓名條、將脫下來的衣物按照指示的分類整齊擺放，一起進了澡堂裡。

他們談笑風生，想像著明日的此時，已經擁有肥沃土地，並將睡在嶄新的屋子裡。

他們打開水龍頭，出來的卻不是水，而是致命毒氣；不用幾分鐘，澡堂裡屍橫遍野，軍官將屍體迅速的拖離，再讓下一批要「洗去一身塵埃」的人進入澡堂。

一批又一批，懷抱著夢想的猶太人慘死在毒氣室裡，臨死前他們腦海中都是土地、新居與幸福的生活。

他們的行李被打開，分門別類的拿去支援前線，他們的頭髮被全數剃下，堆出一座又一座的頭髮山，這些頭髮混著纖維，織成毛巾或毯子，販售到德國各地；光溜溜的屍體被扔進高溫焚化爐，那高塔終於冒出白煙，但那不是燒煮熱水的煙霧，而是焚燒無數猶太人的煙。

焚燒屍體的油滴落聚集，納粹將油脂收集，做成肥皂，再販售給各地民眾。

『他打算實施各種屠殺猶太人的方法，一一問我，我看見這個法子是最有效的。』面貌清秀的小男孩有點委屈的說著，『我不知道會造成這麼大的傷亡。』

後來，一座焚化場不夠，接著蓋了第二座、第三座，每一座都比前面大上幾倍，這樣一次可以毒死的人就更多了；一批批猶太人興高采烈的來，接著成了一塊塊肥皂、或是一座座頭髮山。

『我後來回想，我之前預測到有人能證實他是猶太人後，阿道夫就變得怪怪的了。』男孩彷彿自言自語，又好像在對我說話，『我好像看到了不該看的東西。』

它在黑暗裡，我在它周圍飄浮著，不知道該說什麼。

『亡靈尚未安息，它們仍然在蠢蠢欲動，因為它們無法安息。』男孩忽然抬起頭，幾乎是定定的看著我，『安，妳該醒了。』

嚇！我倏地跳開眼皮，卻不期然的繼續看見那雙湛藍眼眸。

男孩的臉依然映在我眼簾中，他就蹲在我床邊，眨巴眨巴的看著我。

『起來！走吧！』他說著，小手搖了搖我。

男孩全身上下散發著淡藍色的螢光，他跟剛剛夢境裡的模樣截然不同，他變得瘦骨嶙峋、身上臉上全是髒污，看來像是被狠狠虐待過一般。

「你……」我遲疑著，望著眼前這具鬼魂。

透過它半透明的身子，炎亭就站在桌子上，一瞬也不瞬的望著我。

「你的前世？」我問的是炎亭。

它點了點頭，我心中湧出不捨，這是被拆解剩餘的靈魂，再度轉世，成了所謂「希特勒的軍師」。

『跟我來。』男孩說著，我才發現它幾乎面無表情。

大手忽然按上我肩頭，我回首，米粒睡眼惺忪的半探起身，先是望向男孩的身影，再望向炎亭。

「我就說陰氣怎麼那麼重……」他抓過身後的枕頭，往隔壁床扔過去，枕頭正中彤大姐，不過她不為所動。「炎亭，叫她起床。」

『嘻嘻！』炎亭喜出望外了，他咻的跳上彤大姐的床，開始想盡辦法挖她起床。

男孩的鬼魂望著我們，終於露出點疑惑，『為什麼要這麼多人？』

「我們都是一起的。」米粒逕自接話，扭扭頸子下了床，「不會有人落單。」

『……是嗎？』男孩似懂非懂的點了點頭。

隔壁傳來扭打的聲音，炎亭被彤大姐打下床，它又跳回去狂抓她的頭髮，不管結果如何，彤大姐總算醒了，她邊抱怨邊穿衣服，半夜一點，我們四個人離開了旅館。

一出旅館房間，就看見不得了的盛況。

那簡直就是滿坑滿谷的死靈，塞滿了旅館走廊。我當然知道住外面，旅館裡總是會有這些東西，但現在看見的未免也太多了吧！

幾乎每個人都是青色的臉龐、深凹的雙眼，印堂跟嘴唇都發黑，眼珠子上吊，我們都只看得見眼白，而且……都是裸體。

『它們都跟著我。』男孩幽幽開口，『走到哪就跟到哪裡，好煩喔！』

「它們是……」米粒有點難以開口，因為那群死靈正朝我們逼近，「它們想對我們幹嘛嗎？」

我認得這種死相，我緊揪著米粒的衣服，彤大姐還在打呵欠，目前死靈的威脅力量還不足以讓她看見。

「是被毒死的猶太人，這不只是成千上萬了！」我趕緊低首看向男孩，「你可以叫它們離開嗎？它們想做什麼？」

『想要離開、想要報仇。』男孩高舉起手，瞬間，所有的死靈停下腳步，並且向後退去，『它們找不到希特勒的靈魂，大家都很憤怒。』

找不到希特勒的靈魂？他不是已經死了很久了嗎？

「我們為什麼要卡在門口？」彤大姐一臉莫名其妙的說著，逕自往前走，穿過一具又一具的亡靈。

亡靈們咆哮怒吼，可惜彤大姐一個字也聽不見。

我突然好羨慕她喔！現在被激怒的它們全數瞪向看得見的我們，這未免太不公平了，它們可以設法讓彤大姐感應得到它們啊！

炎亭忽然從我背包鑽出來，對著所有死靈齜牙咧嘴的低吼，從它喉間發出呼嚕嚕的聲音，這比男孩還有威力，那群死靈呈現驚恐的神色，有人將自己埋進牆裡，看來相當的畏懼炎亭。

『真厲害。』男孩仰頭，看著炎亭，『那個醜陋的小嬰兒是妳的孩子嗎？』

咳！我乾咳了聲，跟米粒交換一個無奈的眼神，我該怎麼說？那是你下輩子的模樣？天哪！

仗著有炎亭，我跟米粒開始往前走，米粒走在我前方，邊走邊留意盡量不去觸怒亡靈，這些亡靈中夾雜著一些非猶太人的鬼魂，有人穿著近代的衣服、有人穿著宮廷服飾，它們用一種疑惑的眼神望著我們及一大群死靈。

那表情彷彿在說：你們來佔什麼位子。

坐電梯時才是惡夢，那些死靈的頭都黏到我身上來，還有人的臉貼著我臉頰，絮語紛紛，它們在亡靈大會談。

電梯抵達一樓，大門開啟時，門外站了一名渾身是血的軍官。

那瞬間死靈瞬成鳥獸散，因為外頭的死靈身上，別有蓋世太保的徽章；蓋世太保——納粹時代令人聞之喪膽的組織。

我很久以前就想過，在狹窄的電梯裡，你永遠不知道跟什麼同乘一部，也永遠不會知道下一次門開啟時，會出現什麼東西。

而今在我們眼前的蓋世太保，就算是個歷史了。

我往前走，那蓋世太保明顯的也上前一步，硬生生擋住了電梯出口。

『抬起頭來。』它低聲下令。

我知道我或許可以不必理睬它，只需穿過它的身子便可，但是為了以防萬一也不想招惹麻煩，米粒低聲要我照做。

我們抬起頭，與那死靈相對望。

對方沒有眼皮，眼珠子暴凸的打量著我們，那是顆渾濁的綠色眼眸，充滿戾氣的來回梭巡，一隻手按在腰間的軍刀上，未曾鬆懈。

『東方人？』它喃喃說著，『滾！』

他同時往一旁側身站去，米粒輕拉著我，從容不迫的走出電梯；我背包裡的炎亭蠢蠢欲動，我拚命做著深呼吸，並不期望它們王見王。

「不要回頭。」米粒緊握著我的手，對我低語，他自然的摟著我，順便將大手壓住背包頂蓋，避免炎亭好奇的鑽出頭來。

我們往飯店大門走，櫃檯值班的人員衝著我們笑，他們身後站了許多森冷的納粹軍官，渾身是血的瞪著我們；那是一種監視、觀察與打量，我突然覺得這些人未免也太可悲，都已經身故幾十年了，還沒有放棄這種工作。

『站住！』遠遠的，在電梯邊的蓋世太保突然開口了，『背包裡放了什麼！』

「不要停！」米粒勾著我的肩膀，加快腳步往外走去。

此時櫃檯裡的死靈軍官倏地衝了出來，瞬間擋住了門口，它們站成一整排，紛紛擎起槍。

我相信我跟米粒臉色絕對好不到哪兒去，而不知情的旅館人員則好奇的打量我們，親切的用英文詢問有什麼需要幫忙的地方。

請幫忙把你們飯店大廳所有的死靈趕走？我說出來他們可能會先落跑吧？

「放炎亭出來咬人。」米粒忽然低聲附耳，旋即回身走向旅館人員，「是這樣的，我想請問一個地方。」

他從容的把人類的視線移到他身上去，並且抽過櫃檯邊的地圖，仔細的用英語詢問；當我確定沒有人將注意力放在我身上時，電梯邊的軍官不客氣的揮舞著那把不知有用沒用的刀子，要我將背包打開。

這是你們自己要求的。

我取下背包，低聲跟炎亭說了兩句話，接著當著死靈的面，緩緩掀開頂蓋——炎亭骨瘦如柴的指節一隻隻攀上，小小的頭從背包裡竄了出來。

一如那些猶太人望向炎亭的情況一樣，那群納粹軍官的臉色呈現驚慌與恐懼，連連後退。

「謝謝！」櫃檯那兒的美男子用眼尾查看情況後，揚起笑容道謝，輕鬆自若的走過來。

我們大方的往前走，蓋世太保讓出了一條路，它們對炎亭的恐懼，遠遠超出我的想像。

「我們大可以穿過它們的！」我覺得自己有點愚蠢，「卡在那邊讓人員起疑，不是更奇怪？」

「我不敢保證那群死靈傷不到我們。」米粒聳了聳肩，「別忘了我們是看得見也感應得到的人，不能輕忽大意。」

「嗯……」是啊，哪像那個非得到生死關頭才瞧得見的彤大姐，她七早八早就站在外頭納涼了！

好不容易離開飯店，外頭卻是大霧一片，彤大姐站在飯店外的廣場，看來正在欣賞這片迷濛的濃霧；淡藍色的小男孩蹲在一邊，看見我們出來，興奮的站了起身。

『你們沒事吧？有被盤問嗎？』

「還好。」我微笑回應，因為我有炎亭。

「就知道有鬼。」彤大姐沒好氣的雙手扠腰走過來，「我就覺得你們怪怪的，待在裡面那麼久。」

「妳看不見，跟妳講太多也沒用。」米粒無力的回著。

「你們要慶幸我看不見，通常連我都看見時，那就是很嚴重的時候了。」彤大姐是說真的，等到四周布滿怨靈、或是我們變成待宰羔羊時，彤大姐就能看得一清二楚了。

那是因為死靈要她看見，我們誰也不希望事情演變到那個地步，那太糟了！

「好了，接下來要去哪？」

「問它了。」我看向彤大姐身邊的男孩，「還沒問你的名字呢！」

彤大姐順著我的視線往腳邊看，用手指了指，米粒暗暗點頭表示那裡的確有個她瞧不見的男孩鬼魂。

『Alex。』

幾乎是異口同聲，我眼前的男孩鬼魂與我背包裡的炎亭，同時說出這個名字。

Alex，炎亭的前世。

第二章・訪客

盛夏夜裡的柏林並不冷，氣溫反而相當宜人，只是這陣大霧讓人伸手不見五指，而且我總覺得霧裡寒氣陣陣，相當不尋常。

「你要帶我們去哪裡？」大概走了十幾分鐘，米粒起了疑心，「去找你的頭嗎？」

Alex 回頭看著我們，只是笑了笑，卻不回答。

彤大姐一雙眼骨碌碌的左顧右盼，也開始顯出不安。

「喂，現在到底是要走去哪裡？」夜色愈深、霧愈濃，漸漸的竟連街燈都看不見了。

「停下。」米粒打橫手臂攔下我跟彤大姐，「炎亭，你說話！」

背包登時一輕，炎亭從裡頭躍出，停上我的肩頭。

『鬼氣森森。』炎亭瞇起眼，『可是太龐大了，別忘了我們身後也跟著數以百萬計的猶太鬼魂。』

唉，是啊。

我不由得回首，雖然隔了段距離，但是數也數不完的猶太鬼魂跟著 Alex，在我們後方約十公尺處；我習慣這種陣仗了——在日本時，也有數不清的地縛靈掙脫自殺之地的束縛，從京都一路跟著我到山梨。

『……殺氣。』炎亭忽然正襟危坐，轉向Alex，『你這小子，帶我們到什麼地方！』

Alex露出天真的笑靨，聳了聳肩，緊接著竟漸漸消散了。

「快走！」米粒扯過我的手，我們開始往回跑。

彤大姐低聲咒罵，她最討厭搞不清楚狀況的事情，一邊唸一邊跑得比誰都快，只是沒幾步後，她突然煞住步伐，並拉住我。

「有人！」她抬起手指向前方。

有人？有人當然好啊，沒人豈不是糟透了？

接著，在黑夜的柏林街上，我們聽見了整齊劃一的足音。

噠噠噠噠……

那是皮鞋敲急著石板路的聲音，每一步伐都強健有力，不是一般人的走路聲，而是踏步聲。

「不會吧？」我下意識往米粒懷裡縮。

聲音愈來愈近，而足音也愈來愈響亮，有一排人自霧中顯現，深綠色的軍服，一整排納粹軍官朝著我們而來。

它們沒有一個是完整的，有人彈孔嵌在額上，有人失去了眼珠，也有人頸子被切開四分之三，歪著頭踏步，缺手的人袖子在風中飄揚，斷腳的單腳跳躍，還有胸膛被炸開一個大洞的軍官，我甚至可以透過那窟窿看見它身後的人。

「噁不噁心啊！」彤大姐皺起眉頭，緊握著手中的傘。

那把傘上貼滿了符紙，過去曾拿來抵禦惡靈，此後彤大姐視為珍寶，每次出國都帶著它。

米粒不可思議的望著彤大姐，瞧見她擺出禦敵姿勢，猛然倒抽一口氣。

「彤大姐，妳看得見？」

「拜託！一整排是要怎樣看不見啊？啊啊……那個人的頭掉了！」她緊張的直指軍隊，不知道誰的頭不小心從頸子上滾落，卻很快的被身後踏步的軍官踢飛。

彤大姐看見了！這就表示那群死靈不但要她看見，而且還有著可怕的邪氣，一如炎亭剛剛說的，有殺氣！

「我們從另一頭走吧？」我拽拽米粒的手，才要回身，卻聽見身後也傳來踏步音。

又是一大排的納粹軍靈，面無表情的從身後圍上。

轉眼間，我們就被夾在中間，動彈不得了。

「搞什麼？好像在做三明治喔！」彤大姐努力的想找個出口，「我才不想被夾住咧。」

三、三明治？我跟米粒對望一眼，忍不住笑出來，這麼說還真有點像，我們是火腿，兩邊的軍士就像是吐司麵包？

不對啦！這時候談什麼三明治啊！

「它們想幹嘛？那些刀槍傷得了我們嗎？」我緊拉著米粒的衣袖，我真的搞不懂。

「殺氣騰騰，不知道是針對我們還是誰？」米粒沉吟著，我知道他一直在觀察，「炎亭，你前世在搞什麼鬼？」

咦？對啊！我們有炎亭啊！我轉過頭，卻發現它曾幾何時離開了我的肩頭，而背包裡也失去了重量。

「炎亭？炎亭！」我放聲大喊著，它又不見了！

「那死小孩為什麼每到關鍵時刻就落跑！」彤大姐氣急敗壞的抱怨著，「那另一個死小孩呢？」

「另一個……」我咬了咬唇，望向四周搜尋，「Alex！」

淡藍色的身影在呼喚中現身，出現在我們前方兩三公尺處。

Alex掛著淺淺的微笑，依然一副天真爛漫不知世事的模樣。

「Alex，這是做什麼？」米粒用質問的語氣，相當不悅它讓我們身陷險境。

『你們是危險人物，外來者，會威脅到總理。』Alex用理所當然的態度說著，『有問題的人就要斬草除根，這樣總理就會很高興。』

它說著，眼神突然有點黯淡。

『或許他就會給我飯吃了、讓我洗澡。』Alex竟流下了淚水，舉起的雙手曾幾何時上了手銬，『我不要再待在籠子裡了！我不要！』

什麼東西……搞半天，Alex是帶我們來送死？

「這死小孩是誰的手下嗎？」彤大姐終於看得見Alex，「為了自己要把我們往死裡送？」

我不可思議的望著Alex，很難相信一個才九歲的小孩，會有這樣的心機！

我們身前身後的軍官早已停下，它們毫無生氣的雙眼盯視著我們，不帶情感，但也沒有恨意，就只是盯著我們。

站在中間的Alex，雙手高舉起來。

死靈的槍，也跟著高高舉起，白痴都看得出來，槍口朝著我們。

「它們要殺我們？」彤大姐指著死靈不可思議的高喊，「我們才剛到柏林，連一覺都還沒睡飽，這群死靈就想殺我們？」

「好像是。」米粒凝重的來回望著。

「我們沒有觸犯任何事物，也沒有身在險地，它們照理說無法傷到我們的。」這是我犯險數次得到的經驗，這群死靈只是被召喚而來，就像平常在路上遇到的孤魂野鬼一樣。

看不見、摸不著，也不該能持武器傷人。

「我在想的是別件事，」米粒看著Alex，微微一笑，「炎亭？」

他突然又呼喚了炎亭，可是炎亭依然沒有回應。

「你一生都在助紂為虐嗎？」他上前一步，朝著Alex扔出嘲諷的笑意，「幫助希特勒殺死大量的猶太人、幫助他殺死異端分子……」

『我想要睡在床裡，想要吃牛排。』Alex無所謂的聳聳肩。

米粒以緩慢的動作拿出口袋裡的刀子，我們現在都會攜帶這些東西，尤其被跟蹤後，更是草木皆兵。

軍官死靈一度想開槍，卻被 Alex 阻擋，孩子帶著得意的笑容，彷彿在說刀子殺不了靈魂。

「看清楚了。」米粒對著我們，眼神裡透露出詭異訊息。

下一秒，刀子就刺進了他自己的手腕裡！

「米粒——」我失聲尖叫，看著紅色的血飛濺。

他瞪大雙眼望著自己的手臂，卻沒有痛苦、沒有猙獰，而是將那把刀子狠狠拔起。

「不會痛。」米粒忽然一笑，Alex 的神情卻顯得僵硬，「別把每個人都當白痴。」

咦？我錯愕的瞠目結舌，看著米粒朝我挑了挑眉，緊接著一陣大霧吹來，他竟轉瞬消失在霧裡。

我心領神會，立刻看向右方想提醒彤大姐，夜色中卻已不見她的影子。

『開槍！開槍！』Alex 驀地大吼，帶著怒不可遏的口吻。

「你才九歲，怎麼會……」我望著它，心裡卻湧出不捨。

霧中獨剩我站在中間，數十名納粹拿著古董級的槍枝，不留情的朝我身上連發！

我看得見子彈飛舞的速度，我瞧見它們穿透我的身子，我依然凝視著Alex，它露出忿恨的神情。

『可惡！可惡！』它跺著腳，眼淚流了下來。

「你要怎麼在夢裡殺人呢？」我望著子彈交錯，輕輕闔上雙眼。

我的臉頰傳來溫度，耳裡聽見輕柔的呼喚，有人正在喚著我的名字，透過風傳了過來。

再次睜開雙眼，我躺在柔軟的大床上，陽光自窗邊透過窗簾發出光亮，眼裡映著的是米粒的帥氣臉龐。

「嗨，睡美人。」他露出鬆了一口氣的笑容。

一隻乾枯小手瞬間把他推到旁邊去，木乃伊的頭湊了過來，「妳總算醒了！怎麼慢慢吞吞的！」

我慵懶的伸了個懶腰，不由得嘛起嘴，「一醒來就看見你，早餐會吃不下。」

『喂！妳做人身攻擊喔！』炎亭嘛起嘴，小手輕而易舉的一把將我抓起，『我很擔心耶，遲鈍女！』

「你說誰遲鈍啊！」我上身被拉坐而起，趕緊用手撐住身體。

「她都比妳早發現！」炎亭骨指一伸，外頭傳來叩的關門聲，彤大姐的身影走了進來。「天底下最遲鈍的人都比妳早回來。」

「死小孩，你在說誰啊！」彤大姐的口吻輕揚得可怕，從手中的塑膠袋裡拿出一盒又一盒的玉米片，搖啊搖的，發出沙沙的聲響。

「我說安！」炎亭瞬間跳到餐桌上去，「安最遲鈍了。」

米粒在一旁發出竊笑聲，我沒好氣的瞪了炎亭一眼，它還很開心的翻出圍兜兜。

「我有一天會不會因為玉米片被它賣掉？」我轉向笑個不停的米粒，「不要笑了！解釋一下發生了什麼事好嗎？」

「我們被帶進夢裡了，那個 Alex 利用夢帶我們往險境去。」米粒說話向來都能直指核心，「主要目的是將我們解決掉。」

「夢裡怎麼殺人？」

「如果妳沒發現是夢呢？」米粒溫柔的撫著我的頭，「妳這麼慢醒來，害我以為妳沒有意會到我的用意。」

我來不及說些什麼，就被米粒緊緊擁入懷中，他緊緊的抱著我，讓我感受到他是真的很擔心。

「我只是慢一點點回來而已。」

「我七點時醒來，就連彤大姐都八點就醒。」米粒伸手向後，拿出手機，「現在已經十點了。」

我不可思議的望著時鐘，不禁倒抽一口氣。

米粒消失、緊接著是彤大姐，我明明只耽擱了一下下啊！

『夢裡的時間是很快的，我們只在外面走不到半小時，就已經天亮了。』炎亭已然正襟危坐，期待著早餐。

「原來如此，你說不痛時我就發現了，所以我只是在夢裡待著而已，我想知道Alex到底在想什麼。」我嘆了口氣，「那孩子不覺得自己在做錯事。」

「他目的就是要殺我們，一清二楚。」彤大姐倒著玉米片，「我只是不明白為什麼。」

所有人紛紛轉向炎亭，這個最早消失的傢伙。

炎亭一開始還疑惑的跟我們對望，手裡握著湯匙，渴望般的看著彤大姐手裡的盤子，只是她瞇起眼對它笑，但就是不遞給它。

『我是被趕出夢境的！』炎亭不甘願的開了口，『我好不容易才跟上你們，當準備提醒你們時，咻的就回來了！』

「有人把你從夢裡趕回來？」

『一半一半。』炎亭認真的點了點頭，『有人在開我們房間的鎖，我守夜，所以我很乖的回來了。』

「開房鎖！」這一次，是我們三個人都異口同聲的驚叫起來。

看情況，炎亭並沒有把這個訊息告訴彤大姐或是米粒！

它眨了眨狡猾的眼，伸長兩隻手，索討彤大姐手中的玉米片；她歪了歪嘴，很不甘願的把盤子遞給它。

夠了！我立即下床，快步走到彤大姐身邊，及時搶過那盤玉米片。

「少討價還價。」我不悅的瞇起眼，「不說清楚，從今天開始，一餐都不許吃！」

『嘎——』炎亭發出忿怒的尖叫聲，一把將湯匙往牆上甩去！

我立即把盤子塞還給彤大姐，拎起它的圍兜兜，不管它尖叫有多難聽，我可不許乾嬰屍放肆。

「我們為了你也算出生入死了，在西班牙差點被燒死、刺死，現在冒著被跟蹤的危險，昨天晚上差一點死在睡夢中，你還在這邊跟我擺譜！」我是真的火大，轉頭看向米粒，「把它的木盒拿出來！」

米粒搖了搖頭，從行李箱裡拿出以前封印炎亭的木盒。

『我不要進去！我不要！』

「看到你就有氣，原來前世就是那個樣子了！」我一把打開木盒，炎亭死命掙扎，「前世就快沒血沒淚的，現在又——」

『對不起，對不起！』炎亭立刻哀求起來，『我一定乖乖的，妳不要那麼生氣！』

我瞪著向我哭求的乾嬰屍，突然察覺到有那麼一點不對勁。

大手按在我肩頭，米粒接走炎亭，它可憐兮兮的環著米粒的脖子哭泣，一邊岔岔的瞪著我。

「是你不對，怎麼可以耍脾氣呢？」米粒的聲音很低，正在教訓炎亭，「還丟湯匙，安怎麼能接受？」

『是你們故意不讓我吃玉米片的！』它還在頂嘴，咕噥抱怨著。

彤大姐也婀娜的走了過來，有些狐疑的望著我。

「夢裡的男孩，是真有其人對吧？」我望向炎亭，「那是你前世的靈體嗎？」

它不甚甘願的點了點頭。

「不太對，那個男孩才九歲，可是它的眼神一點都不像是孩子，它是很認真的要殺我們。」我不由得看向炎亭，如果它當初在泰國被有心人降服餵養，或許已經是個殺人如麻的小鬼。

「先不說那個，炎亭，你說誰來開我們房鎖？」米粒柔聲的問它。

『兩個男人，打開房門後，還打算用剪刀把門鍊剪斷。』炎亭接口得迅速，『然後我跳到門口去，他們就嚇得跑走了。』

「果然有人跟著我們啊……」彤大姐開始扳起指骨來，「晚上我來守夜好了，保證絕對不是嚇走他們這麼簡單。」

「一個過去的靈魂一見面就打算殺掉我們，同時又有人潛入，讓炎亭離開保護我們的範圍，」米粒竟挑起一抹笑，「看來這次有人是玩真的了。」

真的，想置我們於死地。

在西班牙時就已經有過一次了，放火燒不死，接著就打算徹底毀掉我們的靈魂，最可笑的還是拿著黑色十字架，高喊著奉主之名。

那群人指稱我是女巫，是跟惡魔締結契約的惡女，從泰國開始就屠殺自己的同事（明明是我們被下降頭），在港澳時殘害新同事（明明是我們差點被賣進冥市）……反正，所以在我身邊發生的事、死亡的人，都算到我頭上了。

米粒是我男人，所以是巫覡，彤大姐是我們朋友，所以是同夥，而不知名的對方，一開始就打算殺掉我們。

「我還真不意外咧。」彤大姐沒好氣的兩手一攤。

「我意外的是Alex。」我冷眼掃向炎亭，它畏畏縮縮的躲進米粒懷裡，「好了，去吃早餐吧！」

米粒帶著笑，把炎亭交給我，一開始它的小手死命抓著米粒的衣服，是我瞪著它才鬆手。

「我不喜歡你耍脾氣，也不喜歡你用交換條件的態度對我們。」我低聲唸著，它微微點頭，「去把湯匙撿回來。洗乾淨，擦乾才可以開始吃。」

它逕自跳到地板去，把湯匙撿起來。

「再來說說你對前世記得多少。」

『這次很清楚，可是我不懂，為什麼前世的靈魂也沒離開？』炎亭自己也露出懷疑的模樣。

「為了等我們來？再幹掉我們？」彤大姐擅長從現實狀況評斷。

這次我還真的不得不同意。

我們各自拿了早餐，跟炎亭窩在一張桌子上，聽著它回憶印象中的前世——前世的 Alex 是個有預知能力的孩子，從提出警告到被大家視為災厄，接著又成了希特勒秘密的軍師。

多少猜疑、多少屠殺，Alex 都難辭其咎。

驚人的是，那個男孩對自己造成屠殺、肅清與猜疑，一點點良知感都沒有；他知道什麼是死亡，他知道如何會讓屍體成山，可是他都無所謂。

『後期因為德國節節敗退，希特勒就把錯都怪到我前世身上了。』炎亭聳了聳肩，『事實上當年的我也無能為力，因為不管怎麼做，軸心國都一定會慘敗！紅軍一定會打進柏林。』

「他把錯推到 Alex 身上，然後殺了他嗎？」

炎亭搖了搖頭，吞了好大一口玉米片。

「應該不至於那麼衝動，畢竟他有預知能力，」米粒啊了一聲，「我想起來了，他說他被關在籠子裡，手腳上了鐵銬，哭得死去活來。」

炎亭用力的點頭。

「所以他不停的找可疑人士，想要獻媚邀功，好讓希特勒開心嗎？」我實在覺得有點揪心，「炎亭，你前世也太差勁了吧？上一世的 Alicia 明明就那麼善良、感性，最後還使盡力全力為慘死的女人們復仇。」

『是啊！靈魂被拆解後，就不太一樣了！』炎亭也點了點頭。

咦？我忽然顫了一下身子，有股冷顫自背脊傳來。

靈魂被拆解……是啊，我不該忘記，炎亭的靈魂曾經被嚴重的拆解過。

幾百年前的小夏死後，投胎成為西班牙的 Alicia，當她被視為女巫慘遭獵殺後，靈魂被困在西班牙，可是還是能繼續投胎，因為她的靈魂被分解；被拆出的一部分投胎成為 Alex，但 Alex 死亡後靈魂也未曾升天……表示又被分割了一次。

剩下的靈魂還是繼續投胎到泰國，即使早死還是被製成乾嬰屍，成為現在的炎亭。

靈魂一次又一次的被分解，是誰做的？分解的依循又是什麼？

「小夏的靈魂，被拆成三個部分。」我不由得雙拳緊握，「有人刻意讓炎亭變成現在這個樣子。」

「什麼？」米粒皺起眉，他一時抓不到我話中的重點。

「西班牙的女孩是良善、熱情的，可是Alex完全不是這樣！」我的心跳急速加快，「我認為，有人把良知與善良的部分留在西班牙，讓剩餘的部分投胎成Alex，所以九歲的孩子才會視人命如糞土！」

「咦？」米粒也懂我的意思，轉向舔著湯匙的炎亭，「那個Alex已經夠糟了，剩下的部分再變成炎亭？」

彤大姐眨了眨眼，望著正在磨指甲的炎亭。

『安，昨天那兩個撬鎖的人我有追出去抓到喔！我把他們綁起來扔在衣櫃裡！』炎亭的指甲如利刃，正在互相磨著。

「什麼？」彤大姐倏地站起來，「這段你剛剛怎麼沒講？」

她急匆匆的往衣櫃去，猛然拉開櫃門，果然有兩個男人被五花大綁的塞在衣櫃裡。

「這個炎亭，剩下什麼？」我喃喃的問著自己。

『安！』炎亭倏地扯下圍兜兜，跳上桌子，『我可以殺掉這兩個人嗎？』

彤大姐轉過來望著我們的臉色蒼白，櫃子裡的男人看來已無生命跡象。

這個炎亭，究竟剩下了什麼？

第三章・幽靈行軍

我們昨天下午才抵達柏林，夜裡就在夢境裡被一個亡靈牽引而走，差一點點死在睡夢中；在我們陷入險境時，卻有兩個男人偷偷摸摸的開了房門鎖，意圖剪斷門鍊。

在他們有所行動前，就被先離開夢境的炎亭嚇得落荒而逃，緊接著被它逮回來綁縛後，扔進衣櫃裡。

所以現在，我們旅館房間裡有三個人。

是的，三個活人、一具乾嬰屍，跟兩個在衣櫃裡的死人。

兩個男人臉色發白的死在衣櫃裡，已經出現屍斑了，炎亭用綁帶塞住他們的嘴，嘴旁都產生了青色的瘀痕，米粒彎下身子稍稍探視，在嘴角發現了潰爛的現象跟液體。

有淡淡的杏仁香傳出來，電影跟柯南看得多一點，就知道那是氰化物。

「玻璃屑。」米粒用筷子撬開他們的嘴，「應該是被抓到後就咬破瓶子自殺了。」

我擰著眉，看向在一旁一臉失望的炎亭。

「幸好不是你下的手。」動不動就想殺人，好像巴不得繼續試驗它的利甲，「你是幾點抓進來的？」

『一點半多吧。』炎亭跳到我肩頭，『真可惜啊，真可惜……』

我斜睨它一眼，一臉欠罵。

「這下糟了，我們房間裡有死人耶。」彤大姐雙手抱胸的靠在門邊，「等一下被清潔人員發現就死定了！」

「不急，掛上不要打掃的牌子就好。」米粒神色凝重，卻相當從容，「我們要速戰速決，盡快找到炎亭的頭骨。」

「然後呢？在被發現前出境嗎？」我現在比較擔心活人。

「嗯哼！」米粒撫撫頸子，一派輕鬆，「看來也只能這樣了，畢竟雖不是我們殺的，但解釋起來也很麻煩！」

「對耶！反正我們又不算畏罪潛逃，也不算涉案關係人！」彤大姐立即應和，按下不需打掃的按鈕，「有事叫炎亭去解釋就好了！」

喂……能這樣嗎？我瞪著塞在衣櫃裡僵硬的死屍，這兩個人說得未免也太輕鬆了。

不過，好像還真的不能怎麼樣！

「看，黑色的十字架，一樣的念珠串，跟西班牙那群學生是同一個宗教。」米粒用餐巾裹著手，拉出死者身上的鍊子，「有機會我還滿想跟他們當面談談的，他們究竟要什麼？」

「我可不想，上一次跟他們近距離接觸，他們想殺我們。」

米粒挑了挑眉，莞爾一笑，「說的也是。」

他站起身，確定屍體還完整的在衣櫃裡沒有露出來，便好整以暇的把衣櫃門關了起來；我們開始整裝待發，事情最好在今天就解決，因為這是盛夏，最快今晚就會有屍臭了。

「拿張沒用的卡插在插卡開關上，把冷氣調到最冷。」米粒交代著彤大姐，因為她出門連 icash 都會帶。「如果能塞進冰箱就更好了。」

『我來！』炎亭興奮的舉手。

我瞪向米粒，旅館的冰箱這麼小，他是打算怎麼把兩具大男人的屍體塞進去？再看向炎亭，它噘著嘴收起手，一副它真的辦得到的模樣。

我難掩心裡的不安與忿怒，有人跟蹤、有人意圖追殺，還有那被抓到就自殺的教義，我沒有一樣能夠苟同。

「你們知道嗎，那兩個人使用自殺方式，跟傳聞中希特勒的死法一模一樣。」

出發前，彤大姐突然開口，「那時所有的高級軍官，都發有一個小小的瓶子，遇到被捕或是遭俘虜時，可以立即咬破自殺。」

「仿效嗎？」我相當不以為然，「只是當時是為了一個人，現在是為了宗教。」

「歐洲都能為宗教開戰了，為宗教而死應該算不上什麼吧？」米粒揹起行囊，「好了！我們快點出發吧！」

彤大姐立即抽出皮夾裡的 icash，代替房卡插入插卡開關當中，米粒開始在每個抽屜跟衣櫃門邊做記號，炎亭也迅速的鑽進我的背包裡，我們把該帶的東西帶齊，再走出房間。

白天的旅館走廊裡沒有像昨晚夢裡那龐大的死靈，只有幾個零星的遊魂在飄移。米粒將門小心的帶上，最後卻蹲下身子，塞了一個東西進門縫裡。

「你在幹嘛？」

我好奇的問，米粒卻是笑而不答，我知道那是一種防盜裝置，這樣萬一有人比我們先進房間，就能夠察覺。

他牽起我的手，我們便往樓下去，彤大姐還怕清掃人員沒注意不需打掃的燈號，特意又再多掛一塊牌子。

「我開始懷疑你除了模特兒外，還有在兼職別的工作！」我挑眉看向米粒，不但對屍體沒有畏懼，還可以小心翼翼的探查，更別說其他這些防盜措施了。

「一部分是人生經歷，一部分是認真向學。」米粒無所謂的笑笑，「妳不知道現在網路很發達嗎？」

哼，顧左右而言他。

我知道米粒有段過去，我認識他是在兩三年前，他的過往我只知道大學畢業後的生活，他稍早之前的過去從未提起；該是青春年少的歲月他隻字未提，除了在日本山梨縣時，曾經因為一群大學生興致勃勃的想去挑戰樹海傳說時，提起過高中歲月——

他說有個很好的同學因為青少年們的試膽而被牽扯身亡，那似乎是他人生中的陰影。

我沒有再問當年的事情，我不擅長問他的過去，因為我覺得這是一種尊重，米粒想說時自然會跟我分享，不需要我去追問他有哪些朋友、或是之前交過幾個女朋友等等。

我不懂挖這些過去對自己有什麼好處？對兩人之間的感情經營也沒有幫助，可是很多女人愛問，不追出個水落石出就不甘願。

我不需要這些，我只要他陪在我身邊，我看見的是現在跟未來，至於米粒的過去不管發生了什麼事我都心存感激，因為有過去，才能讓我遇見現在的他。

「節制一下，我會瞎掉。」彤大姐回眸，一臉豔笑。

我們愉悅的離開旅館，我很欣慰大家至少能保持如此的樂觀。

走出旅館後，我們不約而同的順著昨夜的夢境走，大街上的人熙來攘往，完全是個正常的城市，倒沒看見什麼地縛靈或是亡靈，我們像觀光客一樣的在街上漫遊。

到了一個紅綠燈時，我們停了下來，看見前方有咖啡館，彤大姐提議去吃點蛋糕。

「妳剛才吃過早餐耶！」我不可思議的望著她婀娜的身材。

「到這裡來怎麼能不吃他們的食物呢？」彤大姐說得理所當然，「吃飽也才有力氣行動啊！」

OK！妳說了算！米粒趁機拍了些街景，而身後的人潮也愈集愈多，我還得注意扒手——拜託別割我背包，不然倒楣的會是竊賊。

「屍體我們清掉了。」

冷不防的，在我身後竟駭人的傳來一句中文。

我瞪大雙眼，瞬間感受到尖銳物抵住我的後背脊，逼得我不得不挺直腰桿。

「綠燈了！」彤大姐對米粒吆喝著，她才準備邁開步伐，我眼尾就瞥向另一個人影貼在她身後，手裡握著什麼也抵向她。

她瞬間愣了一下，然後試圖回首卻被阻止。

「往前走。」我們不得不聽從指令往前走，我看向米粒，有個慈眉善目的老伯正拿著地圖向他問路，附近有幾個人跟著圍上。

沒有一分鐘，我們就被拉到狹窄的暗巷去，巷子出入口都站滿了人，表面上是聊天，事實上是遮掩路人的視線。

刀尖抵在我們的咽喉上，兩男一女，有對穿著情人裝，外貌看起來都相當年輕，可能才二十出頭；抵著米粒的人就是那位灰白鬍子的大叔，白皙的皮膚被太陽曬得通紅。

「乾嬰屍跟著你們吧？把它叫出來。」

我現在愈來愈討厭會說中文的外國人了。

炎亭隔著背包，輕輕戳著我的背。

「為什麼要？那是我的東西。」我當然不可能配合。

「那才不是妳的！那是個錯誤！」我面前的女人狠狠的低吼，「它根本不該離開泰國，都是那個白痴僧侶惹的禍！」

「你們的目的只是要乾嬰屍而已？」米粒狐疑的打量著他們，「我們交出來就會放我們走？」

他們交換了眼神，點頭稱是。

最好是，我們誰也沒忘記差一點葬身西班牙的事情。

一旁有個人自包包裡拿出一個熟悉的木盒，那的確很像是當初裝炎亭的盒子，但是顏色更深，上頭用金漆寫滿咒語，我不知道那是什麼，可是我背包裡的炎亭似乎在顫抖。

我眼前的女人忽然側了頭，刀子略微收起，手開始輕微顫抖，然後在我面前翻了個徹底的白眼，並用那白眼直直盯著我瞧。

「在她的背包裡。」她說著，那聲音卻不是她的。

沙啞低沉且老邁，有人透過這女孩在看著我們！

來人開始粗暴的動手搶下我的背包，他們架住我，才打開背包上蓋，炎亭立即跳了出來，躍上半空中，尖甲刺進水泥牆裡，攀附在高高的牆緣。

「下來！」女人用沙啞的聲音，對炎亭喊著，「快點，我要帶你回家！」

『安！』炎亭嘔啞的亂叫著，『我可以殺了他們嗎？』

「不可以，你不要下來！」我大聲回著，冷不防被揮打了一拳。

我撞上牆，額角傳來劇疼，米粒在一邊激動想上前，又被人一拳往肚子招呼。

「救命啊！殺人啦！」彤大姐驀地拉開嗓門，用英語尖叫出聲，男人緊張的摀住她的嘴，她仍拚命想尖叫。

我撫著額角，鮮血滑了下來，看著巷子裡的混亂，持刀的男人雙眼迸出殺氣，緊握刀柄，一手緊勾彤大姐頸子，另一手就朝她頸子要劃開。

「住——」我伸長了手要衝過去阻止，可是有人更快。

那是好幾雙手，半透明的手忽然拉住男人的手臂，停住了他的刀勢，所有人都靜了下來，他們望著那些身影漸而清晰，從水泥牆裡伸出的身子，是好幾個面露哀戚的猶太人。

「嗚……」男人全身抖不停，死靈渾濁無生氣的雙眼與之對望，愈來愈近，直到貼上他的鼻梁，「哇啊啊——哇——」

他立時甩下刀子，瘋狂的往巷子的另一端出口狂奔，被甩落在地的彤大姐丈二金剛摸不著頭腦，我趕緊轉向另一頭，許多死靈自上倒吊而下，阻止了那些威脅我們的人。

我仰望天空，狹窄的巷子裡只能瞧見如縫般的天空，現在塞滿了死靈的頭顱與身體，它們紛紛垂吊而下，遮去了該是明亮的藍天。

「奉主之名……」鬍子大叔狂亂的拿出十字架，卻瞬間被打掉。

他慌亂的往後退，死靈們伸長了手，那些手延伸得好長好長，直往他大叫的嘴塞去，瞬間這些人呈鳥獸散，路人紛紛停下腳步圍觀，有幾名熱心人自巷口跑了進來，炎亭飛快的竄進我背包裡，而路人則扶起痛得站不起身的米粒，跟膝蓋擦傷的彤大姐。

他們用英語問我們發生了什麼事，我們只是搖搖頭，也有人要我們小心點，自助旅行的觀光客難免會遭到勒索。

是啊，還有人會遇到被勒索一具木乃伊呢！

我們走出小巷，我回眸時，看見猶太人的冤魂塞滿了整條巷子，它們依然面無表情，只是眼神透出無盡的哀戚，朝著我攤開雙手。

『嘻嘻……GO！』

咦？我錯愕的再次回首，我聽見了孩子的嘻笑聲！而那巷子裡的猶太死靈瞬間消散無影。

好心人扶我們到鄰近的露天咖啡椅坐下，還問我們要不要叫警察，米粒立即婉拒，現在的我們最好別跟警方有交集比較好；還有人大方的請我們喝白蘭地咖啡，說可以緩和心情，咖啡廳的老闆甚至拎出醫藥箱，要為我們擦藥。

這些人溫暖的心讓我們舒服很多，比咖啡還要令人窩心。

雖然有人說德國人一板一眼，很冰冷，但我相信民族性使他們較為嚴謹，但這並不會掩去他們的熱情與善良。

米粒最後跟老闆誠懇的交涉，我們不想報警，人沒事就好。彤大姐膝蓋上了藥後，就開始很自在的喝咖啡跟加點蛋糕，還拚命的跟我推薦焙果，說那是頂級美味。

米粒走回來時，心疼的望著我額上的紗布。

「小傷。」我微微一笑，希望他放心。

「想不到活人跟死靈都一樣難纏。」米粒放了點糖，才開始啜飲溫熱的咖啡，「唉，而且這次他們主動出擊了。」

「幸好有……鬼出手相救。」彤大姐塞進一口手工餅乾，「那些鬼真好心，我差一點點喉嚨就被割斷了。」

「妳看得見？」米粒很是詫異。

「看不見。」彤大姐聳了聳肩，「不過看那些豬頭三的表情就知道見鬼啦！」

她說得很輕鬆，嘴角帶著笑意，只差沒說活該。

「是猶太人的鬼魂，昨晚跟在Alex身後的。」我趕緊補充，「可是我沒看見Alex。」

「它昨天說過，那群人是莫名其妙跟著它的，並非它召喚的。」米粒記憶力真好。

「可是……」我頓了一頓，「剛剛我聽見孩子的聲音了。」

米粒跟彤大姐不約而同的望著我。

「小孩子的聲音，要那些猶太人離開，那不是命令的口吻，而是那種像是『我們走吧』，這種口吻。」我確信自己沒聽錯，「聲音是Alex的。」

我很不想說就是它，因為那孩子一開始就打算置我們於死地。

「死小孩。」彤大姐低低的說著，「你剛剛竟然沒救我。」

喂，彤大姐，妳現在又扯到哪裡去了？

『安不許我下去。』它悶悶的說著。

「所以真的不是死小孩叫出那些鬼的喔？」彤大姐恍然大悟的點了點頭，搞半天她是要證實猶太人不是炎亭召喚的。

那麼是誰？是Alex嗎？我不懂它的用意何在。

咖啡廳老闆又過來慰問，還順便送上了鬆餅，我們不可思議的望向彤大姐，她到底是趁什麼時候點這麼多吃的啊？

說歸說，大概驚嚇過度，我肚子也真的餓了，能吃到熱騰騰的鬆餅，的確很叫人滿足。

我們坐在街頭，附近都是人，暫時應該沒有安全問題，不過我們都知道黑暗中有人在伺機而動，下一次我們必須要更加提高警覺。

風中傳來金屬聲，我一開始不以為意，直到那聲音重疊且加大，讓我不得不回首去瞧。

那是軍刀碰撞的鏗鏘聲響。

我不禁倒抽了一口氣，在我們身後這排人行道上，有比昨晚為數更龐大的軍官幽靈，正在行軍踏步！

只是我沒聽見腳步聲，或許是因為它們只有上半身而已，好似懸浮在空中般，自我眼前掠過。

「安，轉回來。」米粒忽然拉住我的手，「不要跟它們對上雙眼。」

我趕緊聽話的回首，彤大姐狐疑的望著我。

「我們身後有一大群納粹在行軍。」我覺得渾身不對勁，太陽這麼炙熱，它們依然存在。

「哇，大白天的？」彤大姐很佩服的樣子，幾個軍官幽靈正從我們面前穿過。

瞬間，我們像是被包圍住一樣，深綠的制服就在我們身邊，它們一個個從我們面前經過，看得見死靈穿過自己的感覺超不愉快，我索性閉起雙眼，眼不見為淨。

米粒緊握住我的手，也闔上雙眼輕聲唸著一些咒語，他有個朋友是這行的高手，總是教他一些防身的咒法，我也知道他有在修行，只是他沒要我跟著一起修。

再這樣每到一個地方就撞一次鬼，我看我有空還是修一下好了。

好不容易不適感全數消失，我睜開雙眼時，那群軍官幽靈已經全離開我們這個範圍，繼續往前走去，然後整齊劃一的向右轉，穿過了馬路。

我聽見煞車聲，心想是否有人瞧得見這些亡靈？

「它們走到哪裡了?」彤大姐回頭望著。

「已經離開了。」米粒用下巴指指方向,「現在在妳一點鐘方向橫跨馬路。」

「哇喔!」彤大姐托著腮,「真不知道它們想去哪。」

嗯?想去哪?這個問題讓我跟米粒不由得交換了眼神。

對啊!這群未曾安息的軍官幽靈現在依然在街道上巡邏,為了什麼?它們奉誰的命繼續生前的工作?

瞬間,我跟米粒不約而同的站了起來。

「我去結帳!」米粒飛快的往咖啡廳裡衝。

「彤大姐,邊走邊吃,我們走了!」我拍拍背包,告訴炎亭我們要走了,讓它躲好。

「咦?」彤大姐連忙塞進一大口鬆餅,再灌下剩下的咖啡,揹起包包後不忘再拿走最後一塊鬆餅,「幹嘛啊?」

「跟著它們走。」我拉緊揹帶,迅速的往前奔去,米粒飛快結完帳也跑了過來。

我們來到最近的紅綠燈,這次我們站成了三角形,彼此留意身後的狀況,我往前遠眺,那群軍官幽靈又往左拐,不見鬼影了!

好不容易等到綠燈，我們快馬加鞭的追上，左轉進印象中的大路，卻看不見任何的影子。

「米粒，你有看到嗎？」

「沒有！」他擰起眉，「該不會又轉彎了吧？」

「那我們就繼續直走，那麼多人總會在巷子裡遇見吧？」彤大姐提出了好方法。

我們快步往大路上走，每個人都睜大眼注意每一條巷子裡的鬼影……除了彤大姐，她負責留意活人。

突然間，我在遠方看見了一個模模糊糊的人影。

那是名衣衫襤褸的孩子，他躲在一棵樹後面，探出顆頭望著我們。

小小的手指向我們的九點鐘方向。

「等等！」我緊張的拽住米粒，「前面有個孩子！樹後面……」

米粒皺起眉，我在他加重呼吸時確定他也看見了。

指著方向的手是半透明的，我可以透過他的手，看見後頭奔馳的車子。

彷彿確定我們已經看見似的，男孩躲進樹後面，當我們追到樹邊時，已失去了它的蹤影。

看不見臉龐，但是身高跟衣著，都是Alex！而且手上戴有手銬。

「先不管它是誰，我們追上再說。」米粒下了決定，反正就算Alex要我們往死裡去，我們還是得走。

因為它是炎亭的前世，唯一的線索。

我們順著孩子指的方向，果然瞧見龐大的綠色影子，我們一見到它們就慢下步伐，假裝沒看見它們的緩步走著。

彤大姐拿起相機拚命照，然後對數位相機沒把鬼影照下來心有怨懟。

我們左彎右繞，一路上總覺得有很多雙眼睛在盯著我們，要注意亡靈、又得注意活人，神經被搞得異常緊繃。

最後，那龐大的行軍幽靈消失了。

我們來到一處很平凡的民間住宅區，附近是公寓跟運動場，沒有什麼象徵性的博物館、紀念館、教堂，或是墳墓區都好，這讓我們覺得無所適從。

當然，事隔幾十年，柏林一定有了大變化，東西德都已經統一，過去的模樣已不存在。

但那群軍官來到這裡，表示在二戰期間，這裡一定曾是個重要地點，或是……

「安！」跑在最前方的彤大姐對我們招著手。

她站在一塊大石頭邊，顯得很興奮，我跟米粒在找不到端倪的情況下過去察看，發現彤大姐看見的那塊大石是個標示牌。

不必摸，光是看見那塊石頭我就全身不舒服，那石子上滿是乾涸的血跡、黑色的沖天怨氣在其上繚繞，無以計數的死靈臉龐拓印在那石子上尖聲嘶吼，石子上有它們的血、它們的淚，甚至是它們的器官。

「這裡果然有什麼。」大手立即遮住我的雙眼，「安，妳得試著忽略那些事物。」

「很難……」我痛苦的回答，任米粒攙扶著我往前走。

慘叫與哀鳴聲不止，一句句我聽不懂的德語仍在石上迴盪，經過數十年，那早已被洗淨的石子依然洗不去其滲入的血之冤屈。

彤大姐依然走在最前頭，她站在一塊正式且偌大的標示牌前，用恍然大悟的表情「哦」了一聲。

我們走近時米粒才將手放開，我看見的是普通的公寓，跟一座地下停車場。

只是，路邊的標示牌不是像台灣一樣寫著一小時多少錢，或是此地下停車場可容納幾輛車之類的資訊。

那是一張迷你地圖，還有照片，一旁用英語及德語寫著：神話與歷史。

希特勒最後的避難所。

第四章・最後的避難所

『我死在這裡。』

背包裡傳來炎亭的聲音，說著叫人難受的話語。

我們望著眼前的地下停車場，希特勒自殺前十二天，都待在這個暗堡裡，事隔六十餘年，德國政府才公布最後暗堡的地點。

這裡不是什麼觀光區；希特勒也沒有什麼紀念館或是博物館，他是歷史上惡名昭彰的罪人，他所創造出的血腥史，別稱惡魔的歷史。

站在暗堡上，不勝唏噓，想到在這片土地，甚至地下有因納粹而被殘害的生命、血流成河的土地，就讓人不免對希特勒這個人深惡痛絕；而炎亭的前世，竟是跟著他一起開創屠殺史！

這個因被屠殺而轉世的靈魂，如今搖身一變成了加害者。

「下去看看嗎？」彤大姐已經往入口尋去，她根本是想一睹暗堡的真面目。

不過現在都已經變成地下停車場了，我很懷疑還能保有多少當年的樣子。

我們很快的下了坡道，進入陰暗的地下停車場中，這裡就跟一般的停車場一樣，已全數翻新，完全瞧不見一絲一毫歷史痕跡。

只有幾輛車停在裡頭，我承認有種失落感，內心一方面期待可以看見暗堡的模樣，另一方面又擔心真的看見什麼會引起不好的事情。

「看來就這樣了……」我望著眼前的停車場，輕嘆了口氣。

「聽說希特勒是在這裡自殺的，誰知道呢？他的死到現在還是個謎。」米粒在停車場裡繞著，「不知道他跟愛娃是在哪個位置結婚的？」

我輕笑著，來到充滿歷史的地方，自然會去想像六十年前這裡曾發生的事情。

紅軍攻入柏林，希特勒與愛娃完婚，旋即自殺，到現在那焦屍及頭骨都無法證實是希特勒，最近甚至驗出頭骨的 DNA 根本是名女性，並非希特勒。

可是，記得又有人說過，希特勒的性別值得懷疑，因為他似乎是個具有兩性器官的人。

真是個謎樣的人物。

「好了，彤大姐，我們走！」我回身，吆喝她，「彤大姐？」

咦？我旋了一圈，除了米粒外，停車場裡沒有其他人的蹤影！

「怎麼了？」米粒也起疑，開始跟著我轉，「彤大姐？彤大姐！」

我們高聲喊著，但就是完全沒有回應。不會吧？連在地下停車場都能迷路？

「可能在另一頭！」米粒指指轉彎處，畢竟過去曾是暗堡，這地下停車場並不小，她可能彎到另一頭去。

「那也應該聽得見啊！」我還是覺得奇怪，又高喊了聲，「彤大姐！」

米粒瞥了我一眼，要我待在原地別動，由他獨自上前察看。我卻趕緊拉住他，要走一起走，我可不想落單。

我們緩緩的走到轉角處，向左延伸依然是片停車場，也仍舊沒有彤大姐的身影。

「再往下走嗎？」我再往前比了比，這地下停車場真的滿大的。

「也只能這樣了。」米粒回道，並不時回首察看，我們都深怕怪異宗教的跟蹤者會突然殺下來。

這裡是塊死穴，萬一他們真的跟下來，我們可是沒路可逃的。

我揪著米粒的袖子一塊往前走，愈走心裡愈不安，氣溫漸涼，而水泥牆上開始出現了圖案。

「米粒。」我急忙扯住他，「牆上、牆上有……」

他順著我的聲轉過來，那該是灰色水泥牆的地方，竟然開始有些斑駁，甚至有著像燭台似的火影在閃爍，該是日光燈的死白轉成昏黃，空氣的流動變得滯悶且帶著點霉味。

「不對勁……彤大姐！」我失聲高喊著，「妳出聲啊！」

我們前頭是T字形底，看上去是到底了，但左右兩旁卻還各有通路，米粒跟我站在原地不敢動彈，因為不知道是不是地下室空氣不好，我看得有些眼花撩亂，車子好像變得愈來愈模糊，而牆上的畫卻愈來愈清楚？

咻！瞬間，有一個人從右邊的通道狂奔向左邊的通道。

那個人狀似狼狽的跑了出來，身上穿著黑色的斗篷，像極了那神秘宗教的服裝。他轉過來看著我們，臉上的表情惶恐至極，彷彿看見了什麼或是在逃命似的。

「快跑——」他莫名其妙的對著我們大喊。

我跟米粒還在驚愕之中，忽然有個不明物體倏地從右方通道射出，直直插進了男人的後腦杓。

我忍不住掩嘴悶叫，多年以來身處險境的經驗，已經讓我養成不任意放聲尖叫的習慣；可是我卻往米粒懷裡縮，不可思議的望著猝然止步的男人。

他的後腦杓插著一把長刀，還因為擲出的力道過猛，長刀的握柄處仍然在腦袋上搖搖晃晃；男人的頭依然面向我們，但是刀尖自他的眼窩插出，眼球穿嵌在刀尖上頭，望著我們。

鮮血瞬間自七孔流出，男人的身軀砰的向前倒地。

面孔朝下，刀尖因為撞擊力，往後退彈了數吋。

緊接著，響亮的皮鞋聲傳來，有人踏步而出，我跟米粒連思索也沒有，決定轉身先躲藏起來。

「入侵者？」

才一轉身，身後竟站了三、四名納粹軍官！

黑色的槍口瞬間抵住我眉心，越過這幾名軍官，我哪還瞧得見什麼汽車、什麼停車格？我看見的只有黃土泥牆的斑駁牆壁、點滿燭火的地道——這是一九四五年的暗堡！

「等等。」我們身後冷淡的傳來阻止聲，米粒緊擁著我，看著一名高階軍官走到屍體身後，帥氣十足的握住刀柄，猛然抽起。

我可以看見眼珠咚的滾出眼眶外，男人左手持著白色手帕，好整以暇的抹過刀尖，拭除鮮血。

「總理有話問他們，奇裝異服的人。」他對其他軍官下令，「帶進去。」

軍官不客氣的推了我們一把，導致我們踉蹌而行，我跟米粒眼界所及全是暗堡的模樣，停車場沒了，我們究竟是走進了歷史？還是走進了鬼域？

我已經不意外能聽得懂德語，有炎亭在，它會讓我們懂的。

大門在哪兒？是趴在地上那血流成河的屍體開的門，還是走下地下停車場時我們就已經進入了另一個空間？

轉了兩個彎，我們來到一處偌大的廳堂，其實只有幾張椅子，還有最前頭一張看似辦公桌的地方；好幾名納粹軍官站在裡頭，用冰冷戒慎的神情盯著我們。

「安！」坐在椅上的女人喜出望外的對我揮起手來。

彤、彤大姐？我緊張的拚命嚥口水，為什麼我身後有槍管與軍刀，她卻坐在椅子上喝茶納涼！

坐在她身邊的是名清秀的金髮女子，嘴角嵌著笑，雙眼瞬也不瞬的盯著我跟米粒瞧。

「總理！」軍官們中氣十足的敬禮，站在最前頭辦公室的矮小男人轉了過來。

希特勒。

我瞪大了眼睛望著歷史上赫赫有名的惡魔，那五短的四肢，怪異的方形鬍子，還有狹窄的肩頭與寬闊的臀部，細小的骨幹，正是納粹惡魔希特勒！

他走了下來，彤大姐很明顯的在打量他，她嘗試想開口，卻被希特勒舉手示意閉嘴。

「先知？」他環繞著我跟米粒，「你們可以預知未來？」什麼東西？我們不約而同朝彤大姐那邊看去，她用眼睛使勁的「點頭」。

「是。」米粒接口，表情自然從容，極富自信。

「真巧，我也有先知。」希特勒睨了米粒一眼，對一旁的軍官下令，「把Alex帶過來。」

什麼先知！我氣急敗壞的看向彤大姐，她卻一派輕鬆的擠眉弄眼，還轉過頭跟那女人微笑。

敢情她先進入了這裡、先被擒獲，然後宣稱自己是先知？

遠處傳來鍊子拖地的聲響，一階接著一階，沒多久兩名軍官騰空架著一個瘦骨嶙峋的男孩，將他摔在石板地上。

Alex，我暗暗深吸了一口氣，的確是昨晚夢境裡的那個男孩。

「Alex，又有自稱先知的人來了。」希特勒手拿著軍鞭，依然在踱步，「隨便一個都比你強！」

Alex費了很大的力氣才站起來，他抬頭一見到我們，立即大驚失色。

「總理！就是他們——我昨晚說的可疑人士！」他指向我們大聲咆哮，「他們是史達林派來的人，意圖危言聳聽！」

希特勒登時回身，看我們的眼神已經充滿殺機。

究竟是真、是假？我們是活生生的在歷史裡，或者又只是一場幻境？

我想起昨晚米粒的示範，立即拿手就口，狠狠的咬了下去——好痛！

痛……會痛！我詫異的望向米粒，他瞬間了解我的意思，倒抽了一口氣。

「我倒覺得你才是冒牌貨。」米粒上前一步，睥睨著Alex，「是你刻意讓德軍節節敗退，讓同盟國有機可乘的吧？」

軍官們開始交頭接耳，現在是希特勒自殺前的倒數時刻，對他而言，每一個人都有可能是叛徒。

「你——」希特勒氣急敗壞的朝Alex衝過來，狠狠就是一踹，把瘦弱的他踹得老遠，「我就知道！一切都是因為你！」

「親愛的！」彤大姐身邊的女人飛快的衝上來攔阻他，「你先別生氣！現在重要的是弄清楚這些人是不是真正的先知，能不能帶領德軍再次獲得勝利！」

「愛娃……」希特勒這樣喚著女人的名字，果然是那個情婦！「妳說得對，我必須要殺出重圍！」他立即抬首，「你們，快說出要怎麼讓德軍獲勝。」

我跟米粒交換了眼神，這要怎麼說？這不是歷史是鬼域，就算是歷史我們也不可能更改。

「德軍會投降。」米粒直截了當的說，「總理，這情勢根本不需要我們，你也知道吧，紅軍近了！」

希特勒瞪圓了暴戾雙目，眼底都充了血，他其實比誰都明白大勢已去，只是在狹縫中求得一絲生存希望罷了。

「你們身上帶著的東西不能幫忙嗎？」愛娃忽然凝視我，說出令人匪夷所思的話語。

「帶著的……什麼？」我心跳加速，她知道什麼嗎？

希特勒轉了過來，狐疑的望向他的情婦，愛娃肯定的指著我，「那女人的背包裡，有聖物。」

什麼——身後立即有數雙大手往我身上扯下背包，我的力氣根本不足以抵擋，眼看著背包瞬間被撕得四分五裂，炎亭倏地從裡跳出，直接踩到我肩上，小手一揮就抓爛了架著我的軍官臉龐。

現場瞬間一片敬畏之態，希特勒不可思議的望著我肩上的炎亭，愛娃卻露出了詭異的笑容。

我不喜歡愛娃，我很認真的討厭她望著炎亭的表情。

「這是？」

「聖物，法力強大的木乃伊。」愛娃高傲的看向縮在角落戒慎恐懼的Alex，「這個比Alex有用多了！我們何必留沒有用的東西！」

「不！他們有問題！」Alex連滾帶爬的抱住希特勒的腳，「總理，我幫了您好多忙，請饒恕我……」

「不如把他的頭砍掉，獻給聖靈吧！」愛娃陶醉般的望著炎亭，朝著它伸出手，「來，過來我這裡。」

Alex的哭聲不止，希特勒冷冷的望著他，對著鄰近的軍官頷了首。

「不——不是我的錯！不是啊！」軍官立即將趴跪在地上的瘦小孩子拖走，Alex的悲號聲一路未歇，發出慘烈的迴音。

夠了！我緊握著雙拳，聽見一名孩子最後的慘叫聲，然後是某個東西落地的聲響，咚咚咚……

愛娃走了過來，她一雙眼燃燒著可怕的渴望，對著炎亭。

「炎亭，現在是怎麼回事？」

『這是它們的世界，這些人都是死在這裡的。』炎亭啡啡的笑了起來，『好棒的邪氣啊……』

「炎亭！」我出聲遏止他的邪性，每次遇到這種事都開心得討人厭，「所以跟在西班牙一樣，我們居於弱勢。」

『不，安。』炎亭戳了戳我的頭髮，『你們現在是人吶！』

人——我立刻看向彤大姐，她一點猶豫也無，接收到我的眼神後，瞬間從背包裡抽出她的「傳家之寶」。

貼滿符咒的傘，從背後直直戳進愛娃的胸膛裡。

「哇啊啊啊——」愛娃的胸口開始銷融，她大聲的慘叫，所有死靈瞬間撲了上來。

「叛徒！你們都是叛徒！」希特勒歇斯底里的大吼，拔出槍對我們拚命射擊。

炎亭小手輕揮，竟反彈了所有子彈，子彈同時射向四面八方，再度將一群死靈身上打成了蜂窩，連死兩次。

「可惡——那是我的東西！」愛娃忽然緊抓住穿出心口的傘尖，一個使勁旋了半圈，將彤大姐甩出去。

她不得不鬆開手，撞散了椅子跟兩個死靈，再滾到牆緣。

米粒飛快拿出匕首，拔下胸前項鍊裡的瓶子，將裡頭的水澆淋在匕首上，然後開始盡最大的力氣反擊。

我有炎亭，幾乎百毒不侵；彤大姐像是昏死一般動也不動，而米粒的匕首近乎所向無敵，當刀子插入死靈體內時，死靈登時著火燃燒。

「我的……」被打成馬蜂窩的希特勒狼狽的站起，他手持軍刀，指著米粒。

米粒像是打得累了，隨便掏出一個十字架，就往希特勒身上扔。

「不不不——」希特勒嚇得退避三舍，惶恐的大叫著，「愛娃！愛娃！」

胸前有一個窟窿的愛娃拾起掉在地上的槍，二話不說衝到希特勒身邊，朝著他的頭就開了一槍。

「吵死人了，一天到晚在納粹萬歲的變態，到底是要我殺你幾次！」她擰著眉，抬起頭來看向我們，「哼，我們一定會再見面的。」

咦？我們還在錯愕之際，忽然天搖地動，遠處傳來似大砲的聲響，只怕是巷戰又開始了，灰土自頭頂掉了下來。

「快走！」米粒拉過了我，我才回身叫彤大姐，卻發現她已經不見了。

我們向外衝去，死靈正在哀鳴，它們還在這個地堡裡走來走去，用一種疑惑無助的眼神望著我們。

「幫助我們，請幫助我們！」有名軍官忽然拉住了米粒的腳，「讓我們離開這裡！」

米粒踹開他的手，帶著我拚命往外衝，直到經過一具瘦小的屍體，Alex倒在地上，鮮血淹滿了他的屍首，而那顆小小的頭就滾落在一旁。

「Alex的頭！」我大聲喊著，扯扯米粒。

「那是鬼，不是歷史！」他回吼著，又一聲砰磅，大量塵土掉落，「而且我們要找的該是小夏的頭！」

「可是……」我難受的回頭，卻看見有人捧起了那顆小小的頭。

Alex死前盈滿恐懼，他緊閉著雙眼，嘴巴張得巨大，一如死前的慘叫。

愛娃愉悅的捧起他的頭，以挑釁的眼神再度望著我。

『我的頭……』炎亭想要衝上前，這次是被我攔住。

Alex的頭骨被愛娃拿走？她拿去做什麼？

「安！走了！我們要快點出去！」米粒攔腰抱起我，我的腳幾乎離地，被他半拖半拖著往外頭走。

這暗堡比想像中大得太多了！錯綜複雜，跟地下停車場截然不同，我們怎麼跑都找不到出口！

我們現在身在鬼域，早該想到的……希特勒的暗堡怎麼可能只有一丁點大！

突然間，銀白色的光點闖進我的眼角範圍，我立刻看向一點鐘方向的死角，那裡的確有銀色光點瀰漫著。

「米粒。」我喚了他，頹然的往前走。

不得不踩過屍身破碎的死靈，它們依然在哀號，多數是遭槍決而亡，也有人是被亂刀砍死，這些只比希特勒早死一點點的人們，屍橫遍野。

「安？」米粒扯過我的手臂，讓我站到他身後，由他去探查那個死角的銀色光點。

一個小男孩站在那裡，他面頰豐腴飽滿，身上換穿乾淨的衣服，對我們咧嘴而笑。

小小的手指指向他的身後，那個看起來就是土牆的地方。

「Alex？」我很艱難的吐出這個名字，那個男孩竟真的就是Alex！

他微笑，然後變成光點消失不見。

「閉上眼睛。」米粒大手闔上我的雙眼，「炎亭，你說呢？」

『走吧！』炎亭又笑了起來，『出口出口！』

我不知道為什麼全然相信那個Alex，我感受到米粒拉起我的手，直直的往前奔去——

他的步伐太快，閉上眼的我跟不上，我絆到了腳，直接就往前仆倒！

「安！」有人及時接住了我，讓我摔在支撐與柔軟之上。

血腥味登時消失得無影無蹤，我睜開雙眼，看見的是熟悉的死白日光燈，還有灰色冰冷的水泥牆。

「嚇死我了！」我上方的女人拍拍胸脯說，「你們總算回來了！」

我眨了眨眼，是彤大姐？我枕在她的腿上！

「難不成我們剛剛消失了嗎？」是米粒的聲音。

「對啊，我在這裡等了一會。」彤大姐用力點頭，指向她的左方。

我吃力的撐起身子，望著她指的地方，是一片水泥牆。

米粒就坐在地上，樣子有點狼狽，但依然迷人，他凝望著那片牆，炎亭在他身邊跳來跳去。

炎亭！我趕緊探查背包……背包不見了。

「怎麼回事？我們怎麼進入鬼域的？」我難受的出聲。

「可能轉彎後就已經不是正常世界了，畢竟你們不是普通人，很容易闖進別的空間。」最先闖進去的彤大姐還說得那麼理所當然，都我們咧……「然後走進這面牆裡！」

「喂，是妳先走的好嗎？」米粒果然發出不平之鳴，「我們叫半天妳都沒應還敢說！」

「哪有，我一回身你們就不見了！」彤大姐鼓起兩個腮幫子，「然後走沒兩步就被兩名納粹軍官抓走了！」

我跟米粒面面相覷，難道我們很早就被空間分開了？

「然後呢？妳怎麼回來的？」

「我醒來就趴在這裡，」她講到這裡語帶不爽，「我全身上下都快痛死了！然後我看見這面牆一直在動，跟水一樣喔！超屌的……接著就看見米粒衝出來了。」

我起身，來到冰冷的水泥牆邊，伸手貼上感受到牆面的冰冷，這裡面原來曾是暗堡的一部分，只是被封住了嗎？

所有的遺靈都還在裡面，不管是希特勒、愛娃，或是當時被槍決的的軍官們。

「我一直以為希特勒已經下地獄了。」我萬分不解。

「我還以為愛娃只是個普通女人咧！」彤大姐呿了聲，「你們有看見她望著死小孩的神情嗎？好像根本知道它是什麼的樣子！」

米粒沉吟著，不知道在思考什麼，「先離開這裡吧，這裡陰氣太重，我可不想待太久。」

這句話獲得所有人一致同意，我的背包被鬼搶走了，炎亭只好躲進米粒的背包裡，我們往外走出去時，遇見幾名當地的住戶，他們用很奇怪的眼神望著我們。

難怪暗堡不是什麼觀光聖地，因為那裡面充滿了悲傷、絕望與殺戮，任何體質敏感些的人走進去，只怕九成都會撞鬼。

走出大道時，我感謝炙熱陽光洗去我們一身陰氣，不悅的感覺一掃而空，都被太陽淨化。

「欸，你那把刀很炫耶，什麼時候那麼威？」彤大姐抽空跟米粒討教武器。

「那是把加持過的刀，再加上祈禱過的聖水。」米粒微微一笑，「這裡是歐洲，就得用他們的方式。」

「怎麼這麼厲害！」彤大姐發出很諂媚的聲音，「你還有沒有多的？」

我就知道……彤大姐的武器被愛娃折斷了，遺落在鬼域，沒有武器的她才想要多要樣防身工具。

米粒挑了挑眉，思考了一下，最後告訴彤大姐晚點他再決定要給她什麼。

「哼！不公平，你有防身物、安有炎亭，我什麼都沒有了！」她咕噥著，「不過，十字架跟聖水有用嗎？」

我只是笑看著她，她說得都沒錯，我有炎亭……不知道是不是錯覺，為什麼我覺得炎亭的力量突然變得很強大。

「喂！我肚子又餓了！」彤大姐嚷嚷著，我跟米粒並沒有反對，因為時間過得神速，竟然已經下午三點了。

在暗堡裡我們待了這麼久？可是明明感覺很短暫啊。

我開始翻找側背包，幸好我護照跟錢都擺在貼身的側背包裡，後背包真的只是拿來裝炎亭；我找出濕紙巾，從鬼域逃出的我們雖無大傷，但是身上真的沾了許多灰塵，好歹得整理一下。

我接著再拿出了地圖，精力虛耗太多，我們真的需要補充食物。

打開地圖時，地圖忽然著火，憑空在我面前燒出了一個洞，在白煙未散前便又瞬間熄滅消失。

我嚇到來不及扔下地圖，事情就已經結束。

「怎麼？」米粒也措手不及，他搶過地圖看著，發現無名火只燒掉一個小洞。

「好神喔！」彤大姐相當讚嘆，卻跟著瞇起雙眼，「那是有人希望我們過去一趟的意思嗎？」

地圖上燒掉的洞是個地名：慕尼黑。

第五章・慕尼黑

「黑啤酒節耶！慕尼黑的啤酒節超有意思的，我很久很久以前就想來看看呢！」下了電車，彤大姐興奮的又叫又跳。

嗯……我不禁蹙眉，是不是該有個人提醒她，我們是來找頭骨的？

「好了，接下來呢？」米粒呼了口氣，他難得在車上睡著。

我們一樣輪流睡，為了以防亂七八糟宗教的人又跑來威脅勒索，在車上總不能讓炎亭來看守，只好大家輪班；而我們先回去旅館辦 check out，衣櫃裡的屍體真的被清掉了，但那兩個人的靈魂卻嵌在衣櫥上不走，可是我們必須退房，只好對不起下一批進來的房客了！

我再把地圖打開來，希望可以再來一次自燃現象，可惜完全沒有。

「反正有人領路，應該不成問題。」我揹好新背包，炎亭也一直想出來走走，「我們先去晃晃，如果走錯路，一定會有些鬼啊死靈啊跑出來阻撓。」

「也對！」米粒回首找人，「彤大姐，走了！」

「噢！來了！」彤大姐拿著相機，抓緊機會拍了些慕尼黑車站的景色，隨後便揹著大包包趕緊奔過來。

才走出車站，我們就看見許多計程車在等待，其中一名男人看見我們，立即衝上前來。

「一起一起！」他用粗劣的英文說著，「一個人二十元。」

他邊說，邊指指遠方的一輛車子。

我們望了過去，那是一輛載貨的卡車，上頭已經坐了一些人，米粒跟他溝通後，才知道原來他要空車去載貨，想順便載人賺外快，只要願意共乘在卡車後頭，一個人只收二十元，不管路程遠近。

彤大姐雙眼熠熠有光，我知道她喜歡體驗這種國外生活，我們也必須省吃儉用，誰叫這趟出國花的錢可兇了，更別說因為在西班牙負傷住院，工作都丟了，拿剩下的積蓄在旅行，很傷本。

我們看起來一副就是自助行的旅人，所以對方才找我們，他叫湯姆，興奮的領著我們往卡車去；附近的計程車司機都冷眼瞧他，帶著一點不悅、一點狐疑，瞪著他竊竊私語。

搶人生意，又沒計程車執照，當然是會被白眼嘍。

湯姆也不貪心，後頭就只載六個人，大家席地而坐，都能坐得很寬鬆，便浩浩蕩蕩的出發了。

我們三個最晚到，坐在最外頭，裡頭另外三個人都穿著運動衣、戴著帽子，耳裡還塞著耳機，墨鏡下的雙眼像在對我們笑，伸手比了個嗨！

我只是頷首微笑，沒打算深談。

車子開始進入郊區，也不知道其他三個人認不認識，他們都沒有交談，只聽自己的音樂、看自己的書，還有位大叔靠著車體睡覺；我們不敢睡，只是靜靜坐著，彤大姐一邊拍照一邊輕輕哼著歌，背包裡的炎亭不安的竄動。

我偎上米粒的肩頭，又有點累了，這裡的氣候宜人，風吹起來好舒服，不會太熱也不冷，害得我連連打了幾個呵欠。

可是我不想讓米粒又一個人守著我，所以我將手伸出車外，張開五指縫，讓風從指縫中流過，一瞬間風好像變成實體，扎實的從我手指間穿隙而去。

我手掌手心反覆玩著，直到五指縫忽然被另一隻手填滿。

一隻小小的手與我五指交扣，豐潤的臉頰上盈滿笑容，男孩飄浮在半空之中，跟著卡車一起飛翔奔馳。

我沒有驚叫，但難掩驚愕的望著它，這個 Alex 很天真也很愛笑，它扣著我的手上下晃著，像是在與我玩遊戲一般。

米粒彷彿感受到有東西跟著車子一起奔跑，倏地回過身，我從他的眼裡確定他瞧見了那個飛在半空中的 Alex！他望著我，我暗暗比了一個噓，目前為止，我沒有感受到威脅性。

車子忽然減緩速度，遠處出現一座別墅般的住宅，Alex 驀地鬆開我的手，拚命的指著那棟屋子。

「湯……湯姆！」我趕緊出聲叫著，「停車！」

湯姆沒有停下來，但是他卻筆直朝那棟別墅駛去，一直到別墅前才停下。

「OK！」湯姆下了車，擺擺手示意我們下來。

我們有些莫名其妙，不是一路上放人嗎？怎麼會到這個地方來？其他三個人俐落的下了車，由於 Alex 的指示，我們也剛好要在這裡下車。

「下車吧！」坐在彤大姐身邊的年輕女生開了口，「我們暫時不會對你們怎麼樣！」

中文！她摘下墨鏡時，彤大姐瞠目結舌的指著她大叫。

是在柏林街頭強押我們的那些人！穿情侶裝的年輕男女，以及把鬍子刮掉的大叔！

我根本來不及反應，那名男孩瞬間就將我抱下車，湯姆朝米粒伸出手，他則氣急敗壞的跳下車子，要男孩放開我。

「緊張什麼？」男孩把我推向米粒，「反正遲早得進來。」

男孩摘下鴨舌帽後，露出了深褐色的短髮，大叔已經將門鎖打開，綁著馬尾的女孩手持短槍押著我們往前走。

「搞什麼東西！」彤大姐不悅的跟女孩對瞪，我們被迫走進屋子裡。

屋子裡感覺很久沒人住了，沒幾樣家具，但全被白布覆蓋，看起來似乎也沒有供電，大叔拿著手電筒四處照著。

「John，蠟燭！」他喚著，男孩從大包包裡拿出早準備好的蠟燭點燃。

屋子裡忽然亮了起來，牆上有許多油畫跟照片，我們環顧四周，沒有嗅到任何死靈存在的氣息。

相當乾淨的地方。

「哈囉！」湯姆最後走了進來，一反剛剛的靦腆模樣，也說著流利的中文，「我是湯姆神父，你們好。」

「好你的頭。」彤大姐不屑的別過頭，露出厭惡的模樣。

「我知道你們一定有很多疑問，但是現在你們的問題並不是重點。」湯姆一臉和藹的笑著說，「你們果然找到這裡來了，真的很厲害啊！」

「Mother才厲害，她早就知道他們會來！」鬈髮女孩嗤之以鼻的哼了聲。

Mother？我才不管誰厲害咧，我們一路有鬼指引，根本就是半推半就過來的。

「Ivan！」湯姆忽然冷眼瞪向她，像是一種警告。

「這裡，」米粒環顧四周，「是什麼特殊的地方嗎？」

「噢，你們應該知道的啊，要不然你們千里迢迢從柏林來到慕尼黑做什麼？」湯姆一臉我們在開玩笑的樣子，我搓著雙臂開始觀察屋子裡的東西，忽然問看見樓梯下奔跑而過的身影。

我下意識的邁開步伐，也沒人阻止我，我想追上那影子，卻忽然想到一件要不得的事。

慕尼黑的郊外別墅？獨棟清幽……Alex在這裡徘徊？

「愛娃的別墅？」我失口而出，回首望向米粒跟彤大姐，他們該都知道這段歷史！

果然餘音未落，湯姆就輕輕擊掌，米粒很快的再梭巡了一遍，彤大姐則想要拿照相機拍照未果。

愛娃．布勞恩，希特勒的唯一情婦，在他們自殺前完婚，終其一生幾乎都在慕尼黑的別墅裡度過；一九四五年四月，愛娃乘汽車返回處於巷戰中的柏林，並拒絕回到安全的貝格霍夫，與希特勒完婚後服氰酸鉀而亡。

我想起在暗堡裡的愛娃，她取走了 Alex 的頭骨。

「所以？我們到這裡要幹嘛？」彤大姐疑問重重，是啊，Alex 要我們到這裡來做什麼？

沒有孔隙的屋子裡忽然颳來一陣風，讓所有人都打了寒顫，蠟燭也在瞬間熄滅！

噠噠噠噠——同一時間，有人上了樓梯！

「不許動！」John 厲聲喊著，我立即高舉雙手，四處張望，我們根本沒有人動！

我站在最靠近樓梯的地方，彤大姐在中間、再過去是米粒，其他四個人就站在我們面前，根本沒有多餘的人。

可是我們頭頂的二樓，卻仍然傳來奔跑聲。

「Alex……」我喃喃唸著，頭一仰，看著塵土自天花板掉落，心一橫就往樓上去。

「喂——」Ivan 緊張的大喊著，我聽見湯姆的阻止。

「現在不能殺她！」

屋子裡並沒有多昏暗，但是外頭綠樹遮蔽，所以沒有強力照入的陽光，我奔上二樓時，在窗邊清楚瞧見 Alex 的身影。

它一臉期待的模樣，還對我揮了揮手。

「Alex。」我站在樓梯口，但不敢貿然往前。

『Ali。』男孩第一次開口，聲音一點都沒變。

嗯？我聽不懂他的意思，現在是要我用暱稱嗎？我知道 Alex 的小名就是 Ali，可是我跟它可沒那麼熟。

「為什麼要我們來到這裡？」我輕聲問著，身後的人陸續奔上樓。

Alex 指了指二樓底部的房間，『愛娃的房間。』

米粒的大手擱上我的肩，我知道他比我更能清楚的瞧見 Alex，他狐疑的望著它，還有它手指的方向。

它要我走去愛娃的房間，我移動步伐，所有人便跟我一起走。

湯姆一行人似乎看不見 Alex，他們只是盯著我，不停的問我要去哪裡；彤大姐不耐煩的回答他們不知道，我卻注意到他們充滿疑惑的眼神。

那個「Mother」沒有告訴他們這一層嗎？

腳底下的木板咿啞作響，我真怕我們這麼多人的重量會瞬間把地板弄垮，我緩步走進愛娃的房間，所謂惡魔的情婦啊……幾年前曾有人出版過一本小說《愛娃的表妹》，內容是訪問愛娃的表妹改編而成；但當初訪問表妹時，她曾提及她不認為愛娃了解希特勒所做的一切，可惜我不相信。

跟了十五年的男人，怎麼可能會不知道他的屠殺行為呢？我想起在暗堡裡的愛娃，我甚至覺得她說不定才是影響希特勒種族屠殺的元兇！

愛娃的房裡依然簡單，家具以白布覆蓋，我們站在她房內，看不到什麼特殊的照片、畫像，甚至任何堪稱蛛絲馬跡的東西。

「找到了嗎？」湯姆語帶興奮的走進來，手電筒往牆壁照。

我們不約而同往他瞧去，找到什麼？

「你們在找什麼東西嗎？」我倒抽了一口氣，「——你們認為我找得到？」

湯姆狐疑的看著我們，跟John低語著，彷彿在討論我們怎麼還沒找到。

「要找什麼？」彤大姐湊了過來，她也丈二金剛摸不著頭腦。

是啊，Alex，你要我們找什麼呢？

我大膽的往前走去，木板依然嘎吱作響，白布蓋著的梳妝台看來年代已久，連蓋布都已經泛黃。

『嗚……』細微的哭聲忽然從梳妝台裡傳來。

我愣了一下，回頭瞥了米粒一眼，他回以不解的眼神，我再仔細聆聽，卻又不確定自己聽見了什麼！

聲如蚊蚋，可是我不認為自己聽錯，但我的面前只有一座老舊的梳妝台，後頭是牆壁，所有人都在我身後，怎麼可能會有哭聲？

我深吸了一口氣，一手抓住泛黃的蓋布。

「安？」米粒喚著，他上前一步。

咬緊唇，我刷地把那蓋布扯下來！

蓋布漫出了鋪天蓋地的塵埃，它們因為我的拉扯而迅速向下滑，我微瞇起眼閃避大量的灰塵，然後在歷經了年歲的梳妝台鏡子裡，映出我的影像……不，那不是我！

『哇啊啊啊——』那是一名滿身是血的女人，用沾滿血的手掌，在鏡子裡拍打敲擊！

「呀——」身後的 Ivan 傳來尖叫聲，驚恐的氣氛頓時瀰漫這原本該是雅致的房間。

我瞪大了眼睛望著鏡子裡那披頭散髮的女人，真不敢相信！那個女人沒有臉皮！她的臉上布滿鮮血，滑嫩的肌肉暴露在外，連嘴唇也一併被割去，滿口鮮血的她不停敲擊鏡子！

『放我出去！放我出去——』她歇斯底里的喊著。

她染滿血的手掌在鏡裡拍擊，血珠飛濺，但是沒有濺出鏡外，而是滲出了米黃色的牆。

「你們看見了嗎？天哪……」John 緊張的大喊著，我聽見腳步後退的聲音。

我被一把向後拽去，米粒拉過我，紅血自梳妝台後面向外擴散，像紅墨暈染上宣紙般快速而鮮明。

「搬開梳妝台！」米粒忽然轉向那魁梧大叔，「快點！」

我再次回首時，鏡子裡映著的是我跟米粒，再也沒有任何女人；大叔立即上前拉動那梳妝台，湯姆也叫 John 前去幫忙，我看得出他很猶豫，但最終還是上前去幫忙。

米粒此時卻帶著我後退，湯姆跟John都已經無心注意我們，Ivan惶恐的看著染滿血的白牆，跟那似乎真的能移動的梳妝台。

「妳剛有看見嗎？」我回到彤大姐身邊，心跳未曾平息。

「有。」她雙眼骨碌骨碌轉著，點了點頭，聲音聽來喉頭緊窒，「挺嚇人的喔，那女人。」

大叔們拚命的想移動梳妝台，他們感覺到那後面真的有東西，但怎樣就是搬不開，我扣住米粒不讓他上前幫忙，這是他們要找的東西，我才不會讓我的男人上前幫忙。

「是不是有機關什麼的啊？那個梳妝台很重耶，難道要搬來搬去？」彤大姐開始環顧四周，尋找所謂的開關。

在昏暗的房間中，銀色的光聚集在愛娃床上方的燭台上，Alex的小手在上頭吊單槓。

「那個燭台。」我轉過去，對著Ivan說。

她一臉恐懼的搖著頭，但湯姆下令要她前去，我及時拉住很想去扳動的彤大姐，誰知道這些東西會有什麼陷阱，拜託她不要以身犯險。

Ivan 戰戰兢兢的前去扳動燭台，我真不明白，拿著槍口對著他人如此輕鬆，要自己去涉險卻怕成那樣。

燭台果然能輕易移動，而大叔跟湯姆使盡力氣欲移動的梳妝台也就自己開了；自右向左，移動了九十度，後頭出現了一扇門。

我不了解這棟建築的構造，但這是希特勒送給愛娃的，有密室我倒不怎麼驚訝！說不定還有密道，可以在危急時讓愛娃逃離，安全的到達地底下。

「下去！」湯姆推了我一把，送死的事又要我們來了。

但是我不怕，因為燦笑的 Alex 已經站在門邊，很興奮的想要進入；我望著它，實在不知道該怎麼看待這個孩子？在柏林時的它是森冷無情的，但是現在的它卻是溫暖的。

「我來吧。」米粒一個箭步擋在我面前，我擔憂的要他小心。

我心裡湧出無法形容的不安，歷經這麼多事，我從未感到這種不適感，在恐懼的情感找回之後，我還是對很多事能持以冷靜，可是，我知道這次不一樣。

我的直覺讓我感覺到，追尋炎亭的前世比追查我自己的還要可怕。

他握上已鏽蝕的古銅門把，一開始打不開，可是 Alex 的小手擱在米粒的手上，

他凝視著Alex，小手幫著往下壓，門喀嚓的就開了

我留意了湯姆他們很多次，他們看得見鏡子裡的女鬼、牆上滲出的紅血，可是瞧不見Alex。

「那小子真厲害。」彤大姐忽然湊上前對我說，「它可以保護你親愛的啦！」

我詫異的回首望著她，彤大姐也看得見Alex？難道Alex是刻意只讓我們幾個見到嗎？

「蠟燭、手電筒……」米粒把門打開後，回頭交代著，「要有心理準備，裡面的味道一點都不好。」

「我習慣了。」我挑起笑容，很可怕，但我的確習慣了。

不管是哪裡的腐屍，甚至海底爬回來的死靈，那些令人作嘔的味道無法讓人喜歡，但是卻能讓我習慣。

湯姆他們準備好蠟燭跟手電筒，手電筒有限，所以我跟彤大姐都是拿著蠟燭，事實上我們不太需要這些，因為銀色的Alex會為我們照亮前方。

誠如米粒說的，封閉了六十幾年的密室味道超級差，有霉味與怪異的味道混雜在一起，門後面是旋轉的樓梯，我回想一樓的這個地方，這裡好像已經是牆垣了。

Alex貼心的站在一邊，為我跟彤大姐照亮腳下的階梯，長梯意外的是石材建造，沒有受到歲月的腐蝕，後頭的人手忙腳亂的，一邊被恐懼的情緒侵蝕著，一邊拿著光源亂照。

這個樓梯不短，我推測大約穿過了一層樓高，幾乎抵達地下室的位置，伸手不見五指的漆黑，我眼前的巍峨身影停了下來，又是一道門。

這道門只是扣住而已，米粒輕而易舉的撞開，當門被打開，空氣的對流瞬間產生了一陣風，令人作嘔的味道立刻傳了出來。

「幸好死很久了。」彤大姐摀著鼻子，「我最不喜歡爛到一半的。」

「同感。」我跟著笑，背包裡的炎亭用手指在我背上寫字。

很簡短的兩個字：「小心」。

「必要時我准許你出來。」我低聲說著，我知道它聽得見。

我也趁機跟米粒說了炎亭的警告，他倒是一笑置之，因為都這時候了，小不小心都沒有差別了。

手電筒跟燭光只能照亮一部分的地方，當我手中的蠟燭在黑暗中揮舞時，一張張慘白的臉龐似乎在光影下掠過，我甚至看見有人走過去的身影。

「照明的地方在哪裡？」我直接對著空中喊，Alex很快的就指引米粒方向。

在十點鐘方向有張桌子，桌上有個結滿蜘蛛網的燭台，上頭有殘餘的蠟燭，彤大姐回身叫Ivan把多的蠟燭都拿出來，我們一起點燃了這一室光亮。

燭火很快照亮我們的視線，一室頓時通明，雖然無法像電燈一般清楚，但至少讓我們了解到這裡不是什麼逃生密道，也不是什麼祈禱室。

寬廣的架上擺了一甕甕已經不知道是什麼器官的物品，半空中架著銀色鐵杆，杆子上吊掛著一具具已腐化的屍體，幾乎都不是全屍，有只有一顆頭的、有只剩軀幹的，也有只剩腳的。

我剛看見的都不是幻象，一顆顆女人的乾癟頭顱被尖銳的S形掛鉤穿過，在架上搖晃著，像是一種詭異的風鈴；有幾隻腳或吊在上頭、或擱在地上，軀幹的部分也吊掛著，大部分都已經爛光，或是木乃伊化。

這裡，根本就是刑場。

看見這麼多類似炎亭的死屍，我想我們不會有太過驚愕的反應。

倒是湯姆不停拿著十字架禱告，Ivan在乾嘔，大叔用一副冷然的模樣望著甕裡發霉腐化的器官，John則全身顫抖、無法動彈。

叫這種人來壓制我們……這麼亂七八糟的宗教還真是太小看我們了。

「愛娃的珍愛房間嗎？」彤大姐自然的走在屍體林中，「靠，還有手術檯呢！」

她站在一張鋁製的銀色冰冷桌檯前，上頭有許多釘在鋁床上的皮帶，依照位置看來是用來固定死者的，一旁的鐵盤中有各式各樣的器具與刀子，最令人難以想像的是，一個熟悉的黑色十字架就嵌在牆上。

「這是什麼宗教？」我不可思議的拿著蠟燭往牆上照，「竟然這麼久之前就有了！」

「這裡是祭壇啊！」湯姆激動的上前，對著那巨大十字架虔誠默禱，「Mother的前世，差一點點就完成任務了！」

「祭壇？」米粒回首望著成山的女人屍體，「為什麼要針對女人？讓我看了就不舒服。」

「因為，她們都是女巫啊！」

我覺得空氣突然停止流動了，緊握著雙拳的我不禁望向出聲的湯姆，女巫？都已經二十世紀了，還在跟我們談女巫這種東西！

「法力高強的女巫，是最佳的祭品，費盡心力收集，就棋差一著，」Ivan 上前，不客氣的打量著我，「如果妳生在那個時候，妳一定會是很棒的祭品之一。」

「妳呢？不如由妳開始吧！」彤大姐忽然一步擋在我面前，挑釁般的跟 Ivan 對嗆。

「妳是女巫的夥伴，一樣該死。」她根本不怕彤大姐的氣勢，下巴昂得高高的。

彤大姐卻忽然嫣然一笑，突的抓住 Ivan 的雙臂，往後面一甩——將她直接扔到吊掛著的屍體林中！

Ivan 尚且來不及反應，她撞上了那群屍林，屍體東倒西歪的晃著，然後，我看見吊掛的頭顱上，有一雙眼睛睜開了。

我下意識緊抓住米粒，他雖背對著我，卻忽然僵直身子，他一向比我敏感，一定也察覺到什麼了！

「哇——」Ivan 原本想站起身，卻有隻手緊緊揪著她的頭髮——吊掛在上頭的軀幹伸出雙手，抓住她的頭髮，不讓她逃離。「神父！神父！」

湯姆瞠目結舌的望著她，整個人卻呆若木雞。

『女巫。』掛在上頭的女人頭顱們開始咯咯笑了起來，『殺殺殺——』

米粒立刻抱住我，我們閃到櫃子邊的角落，看著一雙雙軀幹上的手幫忙隔壁把

S鉤從頭顱裡拔起，於是一具具明明吊掛著的軀幹紛紛跳了下來，它們瞬間組合成一個又一個的女人，拖著Ivan往鋁床這裡來。

「放開！我令妳們退下！」湯姆用德語大聲喝令著，擋在我們前方的Alex讓我們聽得懂他說的話。

女人們對他們嗤之以鼻，甚至拿起鉤子與刀子，往湯姆他們那邊去。

「快——先抓住那女人！」湯姆緊張的大喊，「把她先壓到祭壇上，殺了她殺了她！」

什麼？大叔瞬間衝了過來，一把推開彤大姐，將我從米粒懷裡扯出來，米粒立即反抗，大叔卻輕而易舉的壓制住他，而John將我往鋁床邊拽！

我的背包跟外套都被扯掉，John與湯姆上前，兩人分別站在鋁床的兩側，將我左右手架住，狠狠的往鋁床上摔。

「不——」我死命掙扎，我聽見米粒跟大叔扭打，但大叔很明顯受過訓練，我聽見米粒被揮拳打過，撞到一堆東西的聲音。

皮帶橫過我的額頭、我的腰際，我被束縛住了！

「快點！」湯姆越過我身子，抓起了鐵盤中的一支錐子，對著緩步走來的女屍們大喊，「這才是該死的人——」

錐子狠狠的穿過我的掌心，我記得我發出了痛苦的慘叫聲。

我記不清楚，是因為John也拿著另一樣尖物穿過我另一個掌心，緊接著他們拿出利刃討論著是否要先割下我的頸子。

「住手——住手！」

我發狂般的驚叫著，全身再怎麼掙扎，也掙不開皮帶的綁縛！

不要，為什麼要針對我，究竟為什麼？

「因為妳是魔女啊。」

清脆的嗓音傳來，我睜開雙眼，眼裡映著的是個金色短鬈髮的女人，她拿著手術刀把玩著，伸手撫著我的頭髮。

我見過那張臉，是愛娃……愛娃！

「找妳找得可真久吶，妳也太會逃了吧？」她忽然抓住我的頭髮，我聽見剪刀聲，然後她手上多了一把紅色的毛髮。

紅髮？那不是我的頭髮啊！我慌亂的掙扎著，卻然發現我的手腳都好小……小小的像是個孩子。

「我要砍下妳的頭，把頭骨做成酒杯，拿來生飲妳的鮮血，再封印妳的屍體，好成為我最佳的幫手。」愛娃溫柔的撫著我的頭，「放心好了，妳會再生的，妳還不夠純粹，但是我會加把勁的。」

我不可思議望著愛娃，我是誰？我現在是誰？我跟哪具屍體同化，為什麼會看見這樣的景象。

愛娃拿過一把大刀，對著我微微一笑，「隔了幾百年，總算快接近成功了！」

什麼？妳在說什麼——我什麼話都說不出來，看著那把刀當著我頸子剁下來！

「再見啦，Ali。」

不——不！我緊閉上雙眼，卻瞬間聽見彤大姐的嘶吼聲！

「炎亭！」

再次睜眼時瞧見的是昏暗的室內，我最愛的木乃伊乾屍躍到我身上。

只是看著背影，我就知道它生氣了。

它如貓兒般高聳雙肩，女屍們停下了走動的動作，用一種誠惶誠恐的模樣望著它，湯姆眼底甚至閃爍著淚水。

「您終於現身了……」他突然跪了下來，「聖嬰啊！」

炎亭回眸，利爪瞬間割斷束縛我的帶子，然後它的視線落在我手掌上的兩根錐狀物。

它瞇起兇狠的雙眸，齜牙咧嘴的對著湯姆跟John……

『我要殺了你們。』

第六章・原點

「不可以！」

我坐起身子，抱住小小的它，湯姆嚇得退了好幾步，不停的搖著頭。

『我要殺了他們！他們傷害妳！』炎亭在我懷裡扭動著，氣憤難平。

「不可以。」我厲聲警告，「不許殺生，你答應過我的！」

餘音未落，我忽然感受到一陣風壓，右方原本跪著的湯姆不知何時抓起了一把小鋸子，當著我的右肩砍下來。

「哇——」鋸子嵌進我的肩膀裡，我又驚又痛的登時滾下了鋁床。

我痛得眼淚都流下來了，幸好鋸子不大，感覺沒傷到骨頭……但是好痛！好痛喔！

『安！安！』炎亭氣急敗壞的跳著，它忽然轉向女屍的方向，『殺殺殺——隨便妳們殺！』

女屍們畏懼著炎亭，卻也聽從它的命令，它們把 Ivan 拖到角落去，接著我只聽見慘叫聲。

「米粒、米粒……」我沒有辦法去救她，我摔下來時左手好像摔斷了。

炎亭聽見我在呼喊，趕緊跳到前方去找米粒，這時隱藏在角落的大叔卻突然跑出來，一把由後抓住了炎亭。

差一點點。

炎亭俐落的閃躲，低聲嘶吼著，架上的東西瞬間騰空而起，全往大叔砸去。

彤大姐半爬的來到米粒身邊，幫我確認米粒沒事，她滿臉都是血，看來撞得不輕；我好不容易狼狽的找到一處牆靠著，透過前頭那些桌子的下方，我看見對面鮮血漫流，Ivan的頭被活生生拔起，滾落在一旁，兀自淒楚的望著我。

「殺掉安！殺！」湯姆繼續狂吼著，手裡拿著錘子跑了過來。

John望著我，卻忽然哇的一聲，直直往外奪門而出。

可是有幾個女鬼速度更快，她們健步如飛的追了上去，湯姆現下望著一片混亂，驚駭的搖著頭，手裡卻緊握著榔頭。

「不該是這樣的，」他一步步的逼近我，「事情不該是這樣的……」

「不然呢？我應該死？」我無力的靠著牆，感受到血正從我身上流失。

「對，妳應該要死。」湯姆望向站在高處架子上的炎亭，「聖嬰應該要殺死一個人，一定要！」

咦？影像竄入我的腦海，在西班牙時，有個神父也這麼說過——炎亭至少要殺死一個人！

「你最好站住。」扣扳機的聲音傳來，我凜然的往左望去。

坐在地上的米粒舉著槍，槍口直對著湯姆。

他好慘，渾身是血，身上還有許多六十幾年前的內臟跟玻璃碎片，彤大姐正攙著他，此刻他的雙眼凌厲得驚人。

湯姆戰戰兢兢的看著我，淚水竟從眼眶裡流出來，「你們不懂，跟生命比起來，有更重要的事情要完成……這是天命！」

「頭骨在哪裡？Alex跟炎亭的頭骨，我知道愛娃拿走了。」我冷冷的望著他，「她之後就跟希特勒殉情了，頭骨交給誰了？」

最讓我不解的在於，剛剛剁頭的感覺如此深刻，Alex應該在更早之前就死了，不該會在暗堡裡。

湯姆顫抖著手，他的眼神飄移，接著定定的望著炎亭，然後高舉起手中的榔頭。

「妳必須死。」

他這麼說著，雙眼卻瞬也不瞬的對著炎亭。

下一秒，他衝了過來，炎亭尖叫著撲向他，米粒大喊著我的名字——而我尖聲喊著炎亭。

砰——

一切的一切，剎那間在銀色的光芒中停止了，

銀色的Alex拉住了湯姆要朝我天靈蓋搥下的手，跳過來的炎亭瞬間在半空中接住了子彈，而樓梯口湧進大量的猶太人鬼靈，它們衝進來，手裡還拖著逃跑的John跟大叔。

『走！』Alex對著我說，『快走吧。』

「不——殺了我！殺了我！」猶太鬼魂架住了湯姆，他發狂似的對著炎亭咆哮，「我是要傷害安的人，你要殺掉我，不然我不會罷手的！不會！」

我靠自己的力量，扶著牆站了起來，望著被壓上鋁床的湯姆，鬼魂們甚至幫忙攙扶米粒，我伸出手，炎亭跳進我懷裡。

我只剩下右手可以擁抱它，可是我還是將它抱得很緊很緊。

『妳不會希望米粒殺人的。』它噘起嘴，像是在邀功，『對不對？』

「做得很好。」我在它額上一吻。

「殺掉我！我要殺死安、虐待她，你快殺了我！」湯姆還在掙扎，女屍們拿著

各式利器，來到他身邊。

『安說，不可以殺生。』炎亭圈著我的頸子，攀在我肩頭這麼說著。

我們狼狽的走上樓，回到愛娃的房裡，梳妝台自行關上了，所有的一切繼續塵封在那地底下。

唯有梳妝台上坐著的銀色光影，微微一笑。

「Alex？」

『Alice。』她晃著腳，『我是女生。』

我全身上下痛得要命，卻還是為她的言論而感到詫異。

『弟弟才是有力量的人，我沒有。』她搖搖頭，『愛娃搞錯人了。』

什麼？我皺起眉，Alex……不，Alice 跳下梳妝台，來到炎亭面前，很好奇的打量它。

這麼近，我看見了她頸子上的刀痕。

「搞錯人？」

『我跟 Alex 是雙胞胎啊，可是我一出生就被送給姨父了，愛娃以為是媽媽保護我的做法，她一直以為具有能力的是女生。』Alice 聳了聳肩，『可是一直都是Alex，只有它喔！』

雙胞胎……我望向炎亭，我的天哪，在這一世時，它的靈魂又被拆解了一半？

『Alex不是故意的，他從以前就跟平常人不一樣。』Alice嘛起嘴，『他會殺小青蛙，解剖小動物，可是都覺得沒什麼，但是我會想哭……其實他沒有那麼壞的，有時候我一哭，他就會跟我道歉，把小動物放走。』

「Alex是什麼時候離開的？」

『我死了之後，媽媽他們把他帶到別的地方去，我死後就看不見他了。』她仰起頭，在看很遠很遠的地方，『他不在這裡，我等他等好久，他去了好遠好遠的地方。』

頭骨，Alex的頭骨也不在德國嗎？

『可是，我等到你了！』Alice對著炎亭，露出燦爛的笑容，『你跟Alex好像喔，我知道你是Alex派來接我的！』

噢，炎亭冷哼一聲。

「妳幾歲？」彤大姐隨便拿東西按著額上的傷口，心疼的問。

她比了一個五，瞬間變小，變成小小的孩子。

『我長大後也跟 Alex 長得一模一樣喔，我想這樣你們比較不會怕……如果我可以長大的話。』Alice 解釋著她為什麼要變成 Alex 的模樣，『Alex 一直在哭，他希望可以自由，才偷跑回柏林的，請你們要幫他。』

異卵雙生，被拆解的靈魂，才五歲就橫死的孩子，我不禁悲從中來。

「它的頭骨，在哪裡？」我定定的望著 Alice，指著炎亭再問了一次。

她歪了歪頭，我不確定她是否聽得懂，但是她忽然又指了指梳妝台，『愛娃把秘密的東西放在裡面。』

「我不想再下去一次了！」彤大姐抱怨著。

『抽屜裡。』她委屈般的說著。

炎亭忽然朝著她伸出手，Alice 綻開笑顏，小小的手觸及炎亭，就像在西班牙教堂裡的情況一樣，前前世的 Alicia 一觸及炎亭，她就漸漸變模糊了。

銀色的軀體幻化成光點，一點一滴進入炎亭的身體裡，炎亭閉上雙眼，享受著尋回靈魂的滿足。

米粒半爬著到梳妝台邊，開始把所有抽屜都拉出來，最後在一個暗格裡找到一個盒子。

那依然是個我們都熟悉的木盒，跟當年裝盛炎亭的盒子類似，只是顏色深了點，木盒裡空無一物，但是我卻認得木盒上一道熟悉的紋路。

「什麼東西？」彤大姐翻來覆去，「空的？」

米粒不信的接過去，在木盒的上蓋裡發現一張黏著的紙，他用力撕扯而下。

我們三個人望著那木盒裡藏著的紙，那是一張畫，一張我們無論如何都不想看見的畫。

「走吧。」米粒撐著桌子站起來時，忽然傳來砰的一聲巨響，梳妝台裡的鏡子在晃動！

湯姆忽然出現在鏡子裡，哭泣尖叫。

我冷眼瞧著哀號中的他，再看向彷彿泛著光的炎亭，「走嘍！」

它自動鑽進新背包裡，彤大姐為我把背包扣好，大家不發一語，將黃布重新覆上，無視鏡裡不停的慘叫與撞擊，既然這段歷史未曾顯現過，那就讓它永遠深埋吧！

米粒打了幾通電話，我們就待在別墅外等著，直到幾輛黑色的廂型車前來將我們接走；他們甚至出動了吊車，將湯姆開的卡車也拖走，有人進入屋內清除痕跡，米粒只說那是他的朋友。

因為西班牙的事件，他有預感未來會發生更多狀況，所以便打了幾通電話，請朋友幫忙。

我愈來愈想，見見米粒的那位朋友。

但是，現下還有更重要的事……我手裡握著那個愛娃的木盒，木盒上的圖案我曾在一間寺廟的牆上看過，雖然只有匆匆一瞥，但我不可能忘記那間寺廟。

至於藏在暗層的畫像不只是我、就連米粒跟彤大姐也絕對不可能忘記。

那是遠在亞洲的國度，泰國人所信奉的神佛。

四面佛。

※　※　※

我們在德國只待四個晚上，住在米粒所謂的「朋友的朋友」家，我只能說米粒那位朋友神通廣大，連德國都有人脈，米粒則說那是他朋友到世界各國遊歷並參加「超自然研討會」時認識的。

我可不認為所謂「超自然研討會」會有這麼財大勢大的家族，我們住在奢華的莊園裡，有專屬醫生為我們縫合傷口，照料起居，不但對炎亭見怪不怪，還備妥它專用的餐具跟各種口味的玉米片。

只是四面佛一直縈繞在我心中，害我夜不成眠，米粒也說快點解決避免夜長夢多，所謂的Mother想必知道計畫失敗了，她派來讓炎亭殺的四個人沒有人回去報告，一起沉睡在地底，她一定知道發生了什麼事。

而我，望著炎亭，卻有著難以掩藏的心酸。

轉世到德國的它，竟然靈魂一分為二，分成了雙胞胎！

Alice是天真的、Alex卻是無情的，或許不該這麼說他，那孩子根本不懂什麼是同情與悲憫。

因為這部分的情感，遺落在西班牙了！

刻意拆解小夏的靈魂，為的是要「更純粹」！這根本不是偶然，這是為了讓靈魂中的善良部分全數泯滅，留下最邪惡與殘忍的一部分！

「這樣說來，Alicia是悲天憫人的那一部分嘍？她被封在蠟像裡，剩下的那一部分再轉世到德國！」彤大姐還拿著筆記本畫出族譜咧，「可是轉世後卻是雙胞胎耶！」

「我想這是愛娃沒算到的地方，轉世後靈魂自動分離成兩個，沒有辦法養兩個孩子的家庭就把女兒送走，這個行為讓愛娃以為被送走的女孩正是轉世，所以抓她回來祭祀。」我到現在還忘不了大刀剁上頸子的觸感，「結果日後她才見到希特勒的秘密軍師，我可以想像她親眼見到 Alex 時的錯愕。」

「既然這樣，她怎麼沒把 Alex 也殺掉？」

「因為他是希特勒的軍師啊，一個預知未來的神人，愛娃就算是希特勒的情婦也無法扭轉這樣的情況。」米粒解開安全帶，起身從上方拿下背包，「Alex 變成無法碰觸的地位，一直到一九四五年。」

「所以愛娃千方百計要殺掉他啊，我們在暗堡裡進入的是鬼域，當年一定讓她抓到機會怪罪 Alex 是什麼……禍國殃民？」彤大姐憶起炎亭說的死因。

「應該是，只是無法考究什麼原因了。」我揹起背包，檢查炎亭是不是乖乖待在裡面，「我只知道大家都變成鬼了，愛娃繼續在砍 Alex 的頭、繼續槍殺希特勒。」

咦？我不由得頓了一頓，都變成鬼了？

「怎麼？」米粒注意到我的神情，下意識先環顧四周。

「那個神父說過，愛娃是他們 Mother 的前世，我在跟 Alice 意識合一時，也聽見愛娃親口說這件事忙了幾百年——這表示事情是從小夏的遺骨被挖走開始的！」我突然連貫起來，「那個存在於現世的 Mother 也跟炎亭一樣歷經幾百年的轉世，可是我們在暗堡裡還是看得見愛娃！」

「她也有一部分留在過去。」米粒也恍然大悟，「對於那種人，她一定是刻意把靈魂分解留下的！」

「這些人乾脆不要轉世好了，忙不忙啊！」彤大姐都聽迷糊了，她額上縫了三針，手臂也是，一臉不悅的模樣。

終於輪到經濟艙的人離機了，人群開始移動，我們魚貫的往前走，終於抵達泰國。

這次不需要導遊、不需要地圖，我們可以很快找到適合的旅館、找到四面佛寺！兩年前，我們三人當時都在一間雜誌社工作，那也是我跟米粒及彤大姐相識的公司，一次員工旅遊中被意外下了降頭，始作俑者是同事小茜及王小二，他們求助於邪惡的假四面佛，打算奪去我們身上的某部分才能佔為己有，並將我們的生命奉獻出去。

那時小茜花了大把鈔票，買了一具乾嬰屍要回去侍奉，結果那具乾嬰屍卻說與我有緣，在那場災難中保護了我們，甚至輾轉託人帶它飄洋過海到台灣找我，成為我的炎亭。

愛娃抽屜裡的木盒圖案，就是那間邪惡四面佛廟大門上的圖騰。

我現在只剩左手勉強方便使力，雙手手掌都有嚴重的穿刺傷，米粒臉上縫了好幾針，但對方非常細心請來整型醫生治療，一副完全了解他是模特兒的做法；但是他的腳跟手都有許多細微的傷口，彤大姐只有脫臼加擦傷，勉強算是狀況最好的一位。

傷兵殘將，我們貿然前往泰國繼續處理剩餘的事情可說是不智之舉，可是我們知道不能等。

愈等，事情會愈棘手。

我們找了飯店入住後就直接前往真正的四面佛像祭拜，這一次我們喃喃唸著三個人的全名，請四面佛保佑我們毫髮無傷的歸來。

雖然我很懷疑，這一次四面佛救得了我們嗎？

然後我們再去找當時在泰國的幫手，他叫克里斯，是當地人，當年他幫了我很多忙，甚至請來真正的巫師為我們祈福療傷，我相信這些人多少可以幫助我們。

BIG C的賣場依然不變，隔壁那蜿蜒小徑依舊，我們憑著印象來到那棟白色洋房，卻發現那兒荒煙蔓草，不知曾幾何時已成為廢墟一片；藤蔓攀爬在鐵杆上，白色洋房外牆已顯斑駁，好像已經很久沒人住了。

「炎亭，」我看著四下無人，讓它探出個頭張望，「你有感應到什麼嗎？」

頂蓋微微掀開，『邪氣……這裡被侵襲過。』

「怎麼樣的邪氣？是什麼人或是什麼法？」米粒像在驗證似的。

『啡……你們知道的啊！兩年前不是才經歷過嗎？嘿嘿。』它的語調藏有一股興奮，我聽了卻只有一股寒意。

兩年前，那邪惡的四面佛廟。

找不到故人，我們只得放棄離開，決定趁早前往那曾經陰邪的廟宇；事實上我們都記得那條路怎麼走——那是條愈走愈陰暗的道路，前往一個似廟的神壇。

走進去後，會進入完全封閉的邪惡空間，不管外頭是如何的天氣，那兒都只有一片陰暗。

「我記得那間廟的邪四面佛不是被放到玉佛寺供奉了？」彤大姐自然印象深刻，因為那尊邪惡的四面佛像上頭，四張臉有兩張是同事王小二的臉龐，「所以應該不存在了？」

「或許真正邪惡的東西不是那尊佛像。」米粒若有所思的說著，像是在沉吟思考。

我上前緊緊握住他的手，我懂他的意思，一路走來有太多未可知的謎團，光是那個奇怪十字架宗教就是個謎，所謂Mother又是誰？說不定當年就是她一手操控的。回到炎亭出生的地方，對於它的現世，我卻一點都沒有喜悅的感覺。

我甚至開始認為炎亭會夭折是人為控制，一開始就是為了要將它做成乾嬰屍，讓它成為泰國養小鬼中最厲害的容器——一個具有最殘虐靈魂的容器。

為此一一的將小夏的靈魂分解，直到現世的炎亭。

我們彎進小徑裡後，寒氣再度逼人，我手臂上的雞皮疙瘩告訴我，我們現在又身在不平凡的空間中了。

一路來到熟悉的神壇，果然天色昏暗一片，上有綠樹遮蔭，那是再強烈的光芒也透不進的地方。

在神壇的路尾，那間廟依然存在，香火仍舊鼎盛。

我們無所懼的走近廟前，廟門上的符號與木盒上不謀而合。

「終於來了啊！」廟裡走出一名男子，他穿著僧侶服裝，長得眉清目秀，有著溫潤的笑容。

我們沒看過他，但是他彷彿具有極高的地位，其他僧侶都恭敬的退到一旁。

「我叫 Daw，是侍奉 Mother 跟乾嬰屍的僕人。繞了這麼大圈，終於見到你們了！雖然……」他走到我前方，露出個有趣的笑容，「我一直期待會再見到妳，安。」

「我不認識你，可以不必叫得這麼親暱。」我冷冷的別過頭，別跟我裝熟。

「怎麼這麼無情？呵……算了。」他目光透過我，彷彿我變成透明人般，落在我背包裡的炎亭身上，「還是感謝你們護送它回來，這裡才是它的家鄉。」

我下意識退後一步，米粒瞬間上前，「這裡不是誰的家鄉。」

「它本該屬於這裡，是每一次的陰錯陽差導致落到你們手裡。」

「每一次的陰錯陽差？那就叫命運。」彤大姐使用了最不耐煩的語氣。

Daw 倏地瞪向她，用一種打量觀察的眼神來回梭巡，看到彤大姐不爽的問他到底在看什麼時，他才鬆懈般的後退。

「我們準備了這麼多人，沒想到它一個人都沒殺，原本以為折磨妳會使它發狂，想不到它還是沒動手。」他嘆了口氣，「你們竟然馴化了嬰魔啊！」

嬰魔？我厭惡這樣的稱呼，這個人把炎亭當作什麼了！

「它是家人，什麼馴化不馴化的？」我不屑的反駁他。

「家人？」Daw瞠目結舌的望著我，然後是一連串不止的嘲諷笑意，「哈哈哈哈……抱歉！哈哈，妳竟然以為妳有資格做它的家人？」

「比你夠格。」彤大姐不屑的哼了聲。

「錯，沒有人有資格跟它平起平坐，它是擁有龐大靈力的嬰魔，孕育了數百年才得此一尊，除了Mother外，誰都不能跟它站在同一個高度！」Daw忽然板起臉色，「不要以為你們暫時擁有它，就有資格駕馭它。」

是喔？玉米片就可以很輕易駕馭它了……

「廢話那麼多做什麼？我們是來找它前世的頭骨。」米粒不耐煩的扯扯嘴角，「要演講到學校去，把頭骨給我們！」

男人不悅的睨了他一眼，彷彿對他的語氣不悅，他擰起眉，朝著我們身後示了意。

僧侶們立刻湧上，我們不做反抗，因為我們都是傷兵，可不想正式開戰前就搞得自己不良於行。

我們被架到一旁去，Daw 忽然恭敬的往後退了數步，廟裡走出數名僧侶，他們抬著一張方桌，方桌上鋪著紅布，其餘數名拿著鮮花、香燭、四串花，好整以暇的擺放上桌。

然後另一名僧侶恭恭敬敬的捧著一對酒杯，高高的舉在額心之上，酒杯金碧輝煌，上面綴著五彩寶石，隨後酒杯被擱在桌上，然後僧侶們跪地，一拜再拜。

我留意那金色酒杯，回憶起愛娃曾說過要砍下 Alice 的頭當酒杯以盛血用。

那對杯子……會是 Alex 或炎亭的頭骨製成的嗎？

「嬰魔，請您出來吧。」Daw 畢恭畢敬的朝著我的身後彎下身子，抬高雙手，做盛大迎接狀。

炎亭在我背包裡蠢蠢欲動，我跟米粒交換了眼神，如果目標是炎亭，它躲著也沒用。

「炎亭，出來吧。」我冷傲的說著，「只許停在我肩上。」

小小的手攀附著背包，再攀上我的肩頭，我聽見眾人倒抽一口氣的聲響，見原本架著我的僧侶紛紛跪伏在地。

炎亭站在我肩頭，凝重的望著眼前一切。

「那個酒杯。」米粒低聲指了指紅桌子上的杯子。

炎亭往那兒看過，沒有一秒，它對著我點了頭。

天！那真的是小夏的頭骨！用頭蓋骨製成的杯子！

「請過來吧！這裡才是您的依歸！」男人高聲說著，像懇求般的對著炎亭，指著紅色桌子。

炎亭坐了下來，抓著我的衣領。

男人不安的蹙眉，可能對於炎亭沒有邪佞殘忍而疑惑。

「看來，還是有事情出錯了。」

遠遠的，自廟口的黑暗處，終於傳來一個女人的聲音。

那聲音非常的衰弱，氣若游絲，聽起來還非常非常的老邁——我聽過那個聲音！在柏林的暗巷中，Ivan 就曾用那種聲音說話！

「Mother！」男人立即跪下，恭迎著所謂的 Mother。

四人小轎子抬了出來，上頭坐了一名年邁的老太婆，她一頭灰白的頭髮所剩無幾，老人斑遍布了整張臉，披著黑色斗篷的她看起來非常非常的瘦弱，似乎連腳都萎縮似的，只能任人抬在轎上行走。

她露出一雙乾癟蒼老的手，年紀大到我們無法判斷，她究竟是一百歲？還是一百二十歲了？

為什麼這樣連行動說話都吃力的老人，能唆使控制一個集團、甚至操控靈魂？

「妳是 Mother ？」我不可思議的說著，因為六十四年過去了，愛娃已死，除非當年愛娃也是假死？「不可能，愛娃她……」

「那個肉體已經死了，只是我靈魂的一部分而已。」老婆婆緩慢蒼老的說著，「我讓一部分的靈魂進行輪迴，就不違天則……咳咳咳……」

她痛苦的咳嗽，一旁立刻有人遞上水。

她喝了杯子裡的東西，雙唇立即變得鮮紅欲滴，我懷疑那杯中是水……還是血？

「對炎亭做這些事，就不算違反天條嗎？」我扣著肩頭的炎亭，它正在醞釀怒火。

「這還不是妳害的？」老婆婆舔了舔嘴邊的鮮紅液體，老邁的手顫抖著指向我。

我？關我什麼事？我瞪大雙眼，怎麼推脫到我身上來了。

「我會落到現在這個地步，也是妳害的！要不然我早就成功了！」老婆婆搖了搖頭，「讓我費盡心思才能得到最強大的靈力，多花了幾百年啊。」

什麼跟什麼？我不解的望向米粒跟彤大姐，他們也聽得迷迷糊糊。

「哎呀，真是無情啊，你們都忘記我了吧？」老婆婆搖頭嘆氣，

——咦？

「人心最是無情，枉費當年我還陪妳走了最後一程呢！」老婆婆滿是皺紋的臉劃上了詭異的笑容，「我都記得你們呢！安……不不，應該是公主、板垣還有志乃。」

第七章・魔嬰

當聽見屬於前世的名字時，不只是我，米粒跟彤大姐都目瞪口呆的望著那個老婆婆，我在青木原樹海裡尋回的前世記憶中，是否真有這個人的存在？

米粒是板垣將軍、彤大姐是我的侍女志乃，她才是真正的神女，而我是個連名字都沒有的侍女之子，是真正神女的替身，被當成公主撫養成人。

這件事，不該有任何人知道得這樣詳細，除非是……

「天哪……」我忍不住驚駭，「妳是婆婆？」

那個當我必須代替志乃犧牲，還對我不離不棄、尾隨在後的婆婆！

婆婆微微一笑，像是讚許般的。

「怎麼可能！那是幾百年前的事了！我被斬首之後，婆婆也咬舌自盡了！」我不敢相信這一切。

「那個婆婆？」米粒只聽我述說過前世的事，在樹海裡，唯有我跟彤大姐獲得全部的記憶，米粒並不記得。

「真的假的？」彤大姐瞠目結舌的指著她，「哇，這樣妳不是幾百歲了！」

「咬舌自盡？呵呵……真是愚笨的小女孩啊！」婆婆搖了搖頭，「誰看見了誰跟妳說過我自殺了？」

誰？不，怎麼可能有人能跟我說這些？

小夏押著我送交敵軍後，她先以出賣主子的罪名被斬首、再來是我，婆婆被綁在一旁，滿臉是淚，她說過會追隨我而去……她說過。

但是，她沒有這麼做是嗎？

「妳活了下來？」

「我就一個老婆子，那群男人也沒拿我怎麼樣，他們以為斬了木花開耶姬的頭顱，就興奮得忘我了！」婆婆淺笑著，「他們沒想到樹海已經在妳臨死的詛咒下成了再也走不出的密林，連我都瞧得出來他們的下場。趁著他們慶功醉酒時，我就離開了。」

『是妳挖走小夏的屍骨？』炎亭自從看見婆婆後，警戒心一直很高，像在防備著什麼。

「我本來懶得理妳的，什麼小夏，短視近利的無知下人！哼！」婆婆提起小夏，一副嗤之以鼻的姿態，「我要的是公主的遺體，具有靈力的靈魂。」

我？我嚥了口口水，「我只是替身。」

「不，妳具有力量，只是不如木花開耶姬而已，妳不是也聽得見鬼魅的哭號嗎？

妳不是完成詛咒了嗎？讓青木原樹海至今依然是個謎？婆婆一直都知道妳有能力，只是需要開發跟一點技巧。」婆婆說得一臉陶醉，只是忽然臉色一沉，「但我沒算到志乃會插手妳的靈魂，害得我無機可乘！」

彤大姐圓了眼，立即搖了頭，趕緊看向我，「不關我的事啊！」

彤大姐記得前世的記憶，但是她沒有前世的情緒與心情，跟前世那個志乃完全是截然不同的人。

「妳臨死前希望情感闕如，志乃即刻介入，她保護住妳的靈魂，並且真的抽離妳極端的情緒，安排適合的時機讓妳轉生……這害得我完全無法獲得我想要的東西，只好退而求其次，轉向也有力量的小夏。」婆婆忿忿的瞪著彤大姐，「我該慶幸木花開耶姬的靈魂大部分都鎮守在山梨，只有人性的部分轉世，現在這位小姐絲毫沒有威脅性。」

彤大姐不悅的扁了扁嘴，用一種不然妳想怎樣的臉迎向婆婆。

「小夏也有靈力？」我印象中的小夏，不該是具有能力的少女。

「每個人或多或少都有，只是有無察覺罷了！當我挖出小夏的遺骨施法時，我沒有想到她比我以為的還要強大，她邪惡的部分比妳大得多了！」婆婆喜出望外的說著，「我只要把她的惡毒留下，讓她轉世、一世一世的讓她的人生悲慘，激發出所有的怨毒，分割靈魂，最終——便成為妳肩上的乾嬰屍。」

炎亭曲起五指，任誰都不甘願聽見自己命運被如此擺弄。

「妳費了幾百年的工夫，就只是要一具邪毒的嬰屍？」米粒覺得有點不可思議。

「如果是公主，只需要兩世。」婆婆有點惋惜，因為我的靈力凌駕於小夏之上！

米粒狐疑萬分，「妳要炎亭做什麼？」

「這個就不在你管轄的範圍了。」婆婆瞇起雙眼笑著，眼裡全是惡毒。

我將炎亭扯下肩頭，輕柔的環抱住它，以防它隨時衝上前去……我難受的望著前世待我親切的婆婆，原來她根本有所目的。

「妳也讓自己轉世，為了控制小夏的命運對吧？」我想起愛娃，她也是婆婆的一部分。

「當然，凡事都要自我控管才行，我的靈魂也有多餘的東西不需留戀。」婆婆理所當然的點頭，「在西班牙時我很早就被認定為女巫的一分子，躲在地下通道內，跟 Alicia 非常要好，才能就近監控她的命運。」

「或是說把她的靈魂封進蠟像內，再讓剩下的轉生。」米粒也忘不了那哀戚的聖母像。

「那只需要一點點小技巧。」婆婆還以為米粒是在讚美她似的自傲，「接著在德國時，我犯了一點點小錯誤……」

「沒有想到她轉世為雙胞胎吧？」彤大姐冷哼一聲，「說不定是被封印的Alicia不甘願命運被擺弄，用自己的靈力保護下一世，讓自己變成異卵雙生，轉世為人類的妳再厲害也沒辦法察覺。」

婆婆不悅的怒視著彤大姐，那的確是她沒算到的地方，才會殺錯人。

「等到妳發現真正帶有力量的Alex時，他已在希特勒身邊，為時已晚！我想妳等待了很久，所以在德軍頹敗之際才毅然決然的坐車到柏林，表面上要與希特勒共存亡——」米粒推敲著，我卻注意到他在移動腳步，「事實上是要抓緊機會砍下Alex的頭，完成獻祭。」

婆婆愉悅的看向紅桌上的金色奢華杯子，「在那兒呢！Alex跟炎亭的頭骨做成一對漂亮的金杯！」

「Alex的頭骨是妳及時轉交出去了嗎？」因為愛娃不到兩天就跟希特勒在暗堡內自殺身亡了。

「我的人總是隨時在附近，將我託付的東西安全送走。」婆婆深情凝視著炎亭，「我割出了最完美的靈魂，殘虐、無情、惡毒的部分，等著你轉世。然後我們來到了泰國。」

「結果還是沒拿到。」彤大姐幸災樂禍的笑著，又引來婆婆的不滿。

「都是一群沒用的混帳！」婆婆忽然激動的低吼，她身邊剛捧著水的僧侶，忽然瞬間爆開！

他的頭像番茄一樣瞬間爆開，腦子跟鮮血朝四方噴射，只剩下頸子以下的軀幹這才跟著一軟，倒上了地。

婆婆臉上也濺滿鮮血，她年邁的手吃力的將噴在臉上的腦髓抹下，逕往口裡送。

「還是剛殺的美味啊……」她露出一臉滿足的神情，我們卻緊皺起眉心，「沒用的人何必活在世上呢？就像它的父母，讓這孩子一出生就死了，我們的人來不及攔截就已經被送去製成了木乃伊。之後藏在佛寺裡，遍尋不著也下不了手！」

炎亭的小手擱在我心口，它把婆婆在敘述的那一段直接轉成了影像，後面的事我們都很清楚，當初佛寺裡有人說過，炎亭是被偷走的，被偷到這兒來……結果當我同事小茜捐香油錢要奉養一尊乾嬰屍時，怕是僧侶們陰錯陽差的拿了炎亭給她。

那便是我跟炎亭相遇的開端。

「這又是妳沒想到的吧？想不到公主的轉世會跟小夏的轉世相遇，所以他們有著無法切斷的羈絆，炎亭才會指定要克里斯帶著它到台灣找安。」米粒愈來愈接近婆婆了，「這是緣分，婆婆，不管妳費了多少心血，炎亭並不屬於妳，你們之間不會有任何牽絆。」

「那是我的東西——」婆婆朝著米粒怒吼，我嚇得尖叫，剛剛那位僧侶爆漿的場面我還沒忘記呢！

米粒果然踉踉蹌蹌了數步，但是他下意識舉起的右手擋下婆婆無形的力量。

「好厲害……不愧是活了幾百年的妖怪。」米粒放下右手時，紅色的血珠淋淋漓漓的滴在地上，不知何時纏捲在上頭的佛珠也一顆顆掉落。

「米粒！」我衝上前，他的手臂上有著眾多可怕的刀痕。

「那是什麼？竟然能擋下我？」婆婆皺著眉望著散落一地的佛珠，「板垣，你有什麼保護著嗎？」

「這就不在妳該知道的範圍了。」米粒揚起笑容，將我拉到身後，「不過有件事妳應該要知道，西班牙的 Alicia 跟德國的 Alice，兩個靈魂都已經回到炎亭身上，如果妳想要什麼純粹的邪惡，可以另外開發了。」

「我知道！一堆廢物連點事都辦不好！」婆婆雙拳緊緊握住，「只要它開殺戒，儀式就算完成了！」

「炎亭不會殺生的。」我淡淡的接口，目光放到那對杯子上。

「它至少應該要殺掉西班牙那位少女，親手殺了自己靈魂的部分，那才是完美的魔……」婆婆忽然朝向我們，輕輕笑著，「幸好，方法多得很。」

什麼？我們還沒聽清楚，只見婆婆餘音未落，石板地上忽然竄出了藤蔓似的東西，緊緊纏住我的腳！彤大姐身上沒有任何束縛物，但她卻也無法動彈！

「杯子！」我推了米粒一把，現在只有他能動了，要他快去搶杯子。

僧侶們登時站起，朝著我們撲過來，米粒離桌子很近了，他飛快的衝上前，一把抓過了紅巾布，使勁扯下，桌上的東西跟著往上飛起。

動彈不得的彤大姐只能撿起手邊的石子就往僧侶頭上砸，我們勢單力薄，我又不想讓炎亭出去幫忙。

我覺得有陷阱，絕對不能放手。

「幫我把藤蔓割斷！」我低聲說著，我的腰部以下被緊緊束縛住了。

炎亭立刻揮揮小手，先將攀上我手腕的紅色藤蔓一刀劃斷。

只是同時，彤大姐忽然淒厲的慘叫一聲，整個人摔上了地！

「等一下！」我及時抓住炎亭的手，這種巧合太令人毛骨悚然了，我仔細觀察束縛在我身上的東西……又濕又黏，那好像是血管？不，是筋！

「呵呵……切斷自己朋友的筋脈，妳就可以動了！只要把她的血管筋絡全數砍斷就可以了。」婆婆遠遠的笑了起來，「公主。」

「我不是公主！」我望著跪在地上的彤大姐，她疼得臉色發白，原來她身上的筋脈穿過地底，纏繞上我的身子！「彤大姐，妳還好嗎？」

「好痛！」彤大姐冷汗直冒，炎亭割斷的像是右腳的筋，她完全站不起來，「死小孩，想想辦法！」

炎亭一臉錯愕，它根本不知道該怎麼辦，只是一雙眼忿忿的瞪向婆婆。

同時間，米粒順利的拿到酒杯，但是僧侶們也撲上來了！

「安！」他被壓倒在桌，杯子拋了過來。

「炎亭！去！」我讓炎亭跳離我的手臂，它騰空一躍，準確的接過那一對金杯。

可是，它接到杯子的同時，一根繫著重物的繩子卻忽然從旁竄出，直接纏繞上炎亭的頸子！

「不——」我想往前，卻被彤大姐綁縛得動彈不得！

炎亭被繩索套出後往回扯動，男人不敢碰觸它，而是將它盛入一個寫滿咒語的玻璃甕裡。

被關進去的炎亭嘶吼著，它的利爪竟無法劃玻玻璃，它只要碰觸到甕的邊緣就會燙得跳起，那是個被施以封印咒法的罈甕，為了關住炎亭！

「傻孩子們，要杯子做什麼？讓炎亭升天嗎？」婆婆咯咯的笑了起來，「你們以為我會讓這種事發生？」

我難受的望著炎亭，它在甕裡拚命的向我求救，可是我什麼都做不到……我不該讓它離開我身邊的！不應該！

「閉嘴！死老太婆！」彤大姐氣急敗壞的喊著，「找到小夏的屍骨就能讓它投胎轉世，安已經原諒小夏了！」

「哦？看來它沒跟你們說最後的儀式？」婆婆語帶神秘的挑起一抹笑，「關於血葬？」

血葬？炎亭的確從來沒有提過。

「要把找到的骨頭跟它本尊，用大量的鮮血掩埋，要多少呢？」婆婆挑了挑眉，

「差不多一人份的血量，你們做得到嗎？」

「妳活太久了，宅老太婆，現在有血庫這種東西。」彤大姐全然無法站起，只得坐在地上，「別說一人份了，十人份我都可以埋。」

「靈力者的血。」婆婆正色以對，「而且要活生生的。你們之中，我看只有安了！」

咦？我不可思議的望向炎亭，它皺起可憐的眉頭縮起頸子，表示婆婆說對了！真的需要我所有的血，將它掩埋住，它才能升天？

炎亭向我大哭大喊著什麼，但是那該死的玻璃甕隔絕了它的聲音。

「果然還是嬰魔，懂得隱藏最重要的部分，讓妳為它犧牲吶……」婆婆欣賞極了，「不過妳放心，我不會讓妳死得這麼不值，妳得擔起讓嬰魔覺醒的重責大任。」

婆婆手指一勾，僧侶們架起米粒，直接往廟裡拖去，我身上的束縛瞬間消失，但是鐵頸圈瞬間銬上我的頸子，我也被僧侶抬起來往廟裡走；彤大姐沒有辦法站立，她被僧侶們放在一座小轎子裡，一起前往漆黑的廟門。

「我不要進去！」我忍不住大喊起來，喊著泰國的故友，「克里斯！Wan！」

我不知道為什麼要呼喚他們，他們早就離開了，只是兩年前有大難時，是他們來救我們的啊！

他們有真正巫師存在，難道不知道這裡有窮凶極惡的邪教嗎！

「救命啊！呀——」最後頭的彤大姐再度放聲尖叫，希望可以引來附近民居的注意。

但是她忘記了，這裡是屬於邪惡四面佛的範圍，加上有婆婆這種幾近妖怪的人存在，聲音怎麼可能傳得出去！

我們進不了充滿邪氣的廟宇，當年我只看著同事小茜從裡面捧著炎亭而出，從未實際進來過，空氣中有一種奇怪卻熟悉的味道，有一些腐敗氣息，但卻還有香草味。

像炎亭身上的味道。

進入後只見一片漆黑，我是被拉扯著往前走的，僧侶們扯住我的頸上鍊子，將我像狗一樣的往前拖行，我瞧不見地面，只知道有許多沙塵與葉子，而我當每次止不住的踉蹌時，鍊子就會把頸子狠狠拽起。

過沒多久，僧侶可能嫌我走得太慢，乾脆一把撈起我，繼續帶著我往深黑處走去。

大概走了一分鐘，我們終於進入這廟的中央大堂，裡頭昏暗無比，僧侶們一一燃起四個角的火爐，我才能看清楚這空曠的石室。

說這是廟也未免太不富麗堂皇了，這是個挑高的正方形石室，以巨大石塊堆砌而成，四角與中央各放置一個大火爐，而正前方擺了一尊巨大的四面佛像……不用說，那八成也是邪惡的。

四面佛兩邊有兩根大柱似的東西，仔細一瞧，那是長條型的粗大玻璃甕，有超過兩公尺那麼高，柱子卻呈現半透明狀，裡頭裝滿淺黃色的東西。

等到僧侶將中間的火爐也點燃時，我們不禁同時倒抽了一口氣。

這石室裡有許多「雕像」，尊尊栩栩如生，全身呈現鐵灰色，乾癟一如木乃伊，或坐或站，也有人身體不正常的擺扭，這每一尊「雕像」，都是被製成乾屍的人？表情誇張，雙目瞠大，分明都是慘叫時的神情、痛苦般的哀號，還有悲慟的臉龐。

「我聽見妳在喊克里斯，對嗎？」婆婆的小轎子最後進來，僧侶們迅速將入口的大門關上。

門是厚重的鐵門，沉重的關門聲一如我的心跳般，而最後的僧侶穿鍊上鎖的聲音則讓寒意徹底浸染了我們。

「是那位嗎？」Daw 走了過來，他帶著微笑的表情讓我好想撕爛他的臉。

順著他指的方向看去，我看見克里斯了——

他呆站在佛像附近，雙眼空洞的瞪向地板，身上已無肌肉，是一尊不折不扣的乾屍了！

「克里斯？」彤大姐失聲喊了出來，「我的天哪……他、他怎麼變成這樣！」

「我討厭礙事者，竟然把我的廟抄了。」婆婆的轎子被放到四面佛像邊，高高在上，「至於當年你們看到的那些罕見巫師，都已經成了祭品，有靈力的靈魂是很有用的。」

他們都死了？我回想起那曾經美麗浪漫的白色洋房，克里斯跟那些巫師都已經不存在了！

「妳為什麼要做這些事！妳究竟是怎麼了，婆婆！」我忍無可忍的哭喊出來。

「這就是我啊！我等了妳十幾年，最後到手前卻被攔截了！」婆婆一臉扼腕的表情，「我意外發現了讓自己永生不死的方法，剩下的是永保青春、還有擁有魔力了！」

「妳當年是公主的侍女，難道早就安排好了？」米粒顯得不可思議，「就在等公主長大，死亡，然後……」

「當然。我原本要親手殺掉她的，只是戰亂提早了一切。」婆婆淡然的睨著我們，「晚了幾百年，該做的我還是補齊了，現在該是讓一切結束的時候了。」

婆婆轉過頭，Daw 立即上前，他們正在低語盤算著，而我們只能掙扎。

接著，關在玻璃甕裡的炎亭被擺放在四面佛的大佛像前，婆婆開始對著它唸起類似咒語的東西，那話語讓炎亭十分痛苦，它抱著頭哭號，小手對著我，涕泗縱橫的喊著安！

我看得出來啊，它在叫我、在叫我！

「炎亭——」我幾度要往前衝，身體卻沒有自由！

「把玻璃甕打破有用嗎？」彤大姐忽然大喊著，在大家都沒注意時，從身邊的僧侶身上搶過匕首，劃傷了他們，直直往前衝。

匕首又狠又準的朝炎亭玻璃甕飛去，她想要把甕擊破，這樣炎亭就自由了，就——電光石火間，那匕首竟停了下來，懸浮在半空中……婆婆面前。

她用一種輕蔑的神情瞪著彤大姐，連根頭髮都沒動，就讓匕首在空中轉起圈，改了一百八十度，面向彤大姐。

「真浪費啊，好好的木花開耶姬，轉世後竟是這副德性。」婆婆勾起嘴角的那一剎那，刀子直直衝向彤大姐的胸口。

「不——」我在大喊著，米粒也是，他推開僧侶想往前，但是幾名僧侶使勁將他拉回。

刀子掠過我們的面前，直到沒入彤大姐的心口。

她倒抽了一口氣，瞪大了眼睛看著婆婆，紅色的血開始滲出，在她白色的上衣上綻放出妖豔的血花。

然後，她微張的嘴顫抖著，像是一口氣上不來般的痛苦，頹然跪上了地。

「彤大姐！」我尖叫起來，我不顧一切的又踹又打，可是再怎樣都到不了彤大姐的身邊，「你們不許碰她，不許——」

這次沒有相機阻擋，沒有任何阻礙物，刀刃幾乎全數沒入了她的胸膛，跪上地的彤大姐低著頭，血開始滴落。

僧侶們緩步上前，將彤大姐抬起來，他們將她往四面佛像邊的兩根透明大柱邊扛去，曾幾何時那兒已經架好鋁梯，由身強體壯的僧侶扛著彤大姐往上走。

彤大姐沒有再出聲，被扛在僧侶肩頭的她，鮮血還在不停的流。

「這會是具美麗的乾屍。」婆婆笑聲高昂起來，「讓她浸在嬰屍油裡幾天吧！也算是個裝飾。」

嬰屍油？那兩根柱子裡是——不不不！我痛苦的閉上雙眼，耳裡聽見的是撲通的悶響，彤大姐的屍體緩緩沉進玻璃柱裡，僧侶蓋上蓋子，紅色的血自她胸口逸出，漂散在米黃色的液體裡。

彤大姐在裡面載浮載沉，已斷了氣。

淚水模糊了我的雙眼，若不是親眼看著她沉進甕中，我怎樣都不會相信彤大姐已經死了！

只須臾數秒，婆婆就輕而易舉的奪去一條人命。

婆婆彷彿事不關己般的繼續唸著咒語，炎亭再度深陷痛苦當中，我看著它扭曲的身子上開始彈出一些東西，我不確定那是什麼，但知道這絕對不是好事。

米粒變得很沉靜，他回眸望著我，眼角有些許淚光。

慢慢的，炎亭趴在甕底，而它的背上有什麼正在掙扎而出……閃爍著銀色光點的靈魂，從它的背部彈了出來！

Alice瞬間彈離了玻璃甕的蓋口，她狐疑的東張西望，望見婆婆時，露出一種惶恐的神色，說了句：「愛娃？」

「過來！」我趕緊大吼，Alice一聽見我的聲音，咻的來到我身邊，拉住我的褲角。

「安，妳看！」米粒要我回神，我再趕緊看向炎亭，它的背上再度隆起，另一個靈魂掙扎而出，是清秀的少女，穿著中古歐洲的服裝，Alicia。

婆婆，把好不容易合而為一的小夏靈魂再度一一拆開，她想讓它恢復成原本的殘酷模樣。

可是，我認識炎亭時，它一點都不殘忍啊！

Alicia也來到我身邊，她用一種凝重的神情望著婆婆，然後對著我說了一大串西班牙文，沒有炎亭跟媒介，我聽不懂她說的話，但是她相當焦慮，指著婆婆、指著炎亭。

婆婆的咒語沒有停下，我不知道它還能把炎亭分出什麼，直到我看見另一個炎亭掙扎而出。

那是一個在哭喊著的模糊炎亭，它拚命的不想離開自己的身子，呈現一場拉鋸戰。

「婆婆要把炎亭剩下的良善靈魂全部切割開！」我對著兩個靈魂大喊著，但是她們紛紛搖了搖頭，彷彿無能為力！

婆婆的聲音愈唸愈急，愈唸愈快，甕裡的炎亭開始發狂般的敲打著玻璃甕，彷彿它再也不怕燙也不怕痛似的，發出淒厲的叫聲。

然後，是一聲石破天驚的砰然聲響。

玻璃甕迸裂開，炎亭甩掉了身上的碎片，弓起雙肩，齜牙咧嘴的對著婆婆——我沒有看過這樣的炎亭，它被徹底激怒了，雙眼充斥著血紅色，我知道它想做什麼了！

它想，殺了婆婆。

而那正是婆婆的希望！

第八章・再現

婆婆暗暗的挑起了嘴角，她彷彿在等待這一切似的。

「炎亭！」我出聲高喊，但是炎亭完全聽不見我的聲音。

它躍起，朝著婆婆的方向撲去，婆婆卻只是動動指尖，就把炎亭揮打得飛出十萬八千里遠，它撞上牆角，跟著摔進火爐裡。

我為它心驚膽顫，幸好它很快的跳離火爐，即使全身已經著火。

「制住我身邊的人，可以嗎？」米粒忽然對著我腳邊的 Alicia 說著，他用眼神瞟了瞟身邊的僧侶，相信即使語言不通，她也能懂。

兩個女孩忽然飛上前干擾僧侶，僧侶們嚇得鬆手退避，Daw 注意到這裡的混亂，只見他對空做了個手勢，然後這石室裡的雕像就動了！

那些被做成乾屍的人，吃力緩慢的移動著它們的關節，發出跟機器人般的喀喀聲響，然後緩緩的轉向我們。

也包括克里斯。

「克里斯！」我喊著他，「克里斯，我是安啊！你記得嗎？安！」

克里斯瞪大一雙死魚白的雙眼，朝著我走過來，其他乾屍逐漸恢復靈巧，它們不怕鬼魂、更不怕活人！

米粒鑽過了兩個乾屍身邊，取下身上的背包往它們身上揮打，然後開始往背包裡翻找物品，並要我拿身上的護身符先擋擋；只要心誠則靈，我們當初也曾用關二爺擊退四面佛旗下的屍人。

『安？』克里斯忽然對著我歪了頭，『安……安蔚甯？』

我張大了嘴，簡直喜出望外，「克里斯，你認得我！你認得我對吧？」

『克里斯？』克里斯皺起眉，狐疑的望向四周，『啊，莫一立。』

克里斯認得，他真的認得我們。

「幫助我們，克里斯，你的 Wan 呢？」我上前抓住他的手，「你的兒子，他也慘遭毒手了嗎？」

克里斯定定的望著我，然後面無表情的抽開手，狠狠朝我臉頰揮過來！

響亮的巴掌聲傳起，他重擊上我的臉，我腦子瞬間傳來迴音，腦漿跟腦子好像在腦殼裡迴盪似的……我錯愕的望向克里斯，他怎麼了？

『我是張文茜啊，安，你認錯人了吧？』克里斯皺起眉頭，『你們竟然害我變成這樣——變成這個樣子！』

張文茜？我腦袋一片空白，兩年前對我們下降頭的同事，在跟邪惡四面佛的交戰中，被火焚燒得屍骨無存的同事！

啊啊——這跟製作乾嬰屍的方式一樣！泰國人總是拿嬰兒的乾屍，再移進具有能力的嬰靈侍奉，所以身體與靈魂並不是同一個，只有炎亭是例外——刻意製造的例外！

而現在這些乾屍們原本的靈魂已不復在，婆婆移進了別人的靈魂！

「不是我！是婆婆！」我指向跟炎亭在交戰的婆婆，「妳看清楚！」

克里斯彷彿不想聽似的，乾屍的大手朝我這兒揮下，我只能別過頭去，緊閉上雙眼。

『嘎呀——』

難聽的叫聲傳來，我感受到強烈的氣場包圍著我，立時跳開眼皮，我眼前竟飄浮著一條散發著金光的布……不，是紙。

嚴格說起來那是一個卷軸，米粒拋過來的。

小茜惶恐的望著展開的卷軸，不只是乾屍害怕，Alicia她們也嚇得直打哆嗦。

「梵文帖，我就不信這裡有人強大到不怕這玩意兒！」米粒緊握著卷軸輕輕一翻，長長的紙張彷彿活著般，朝著那些乾屍飛去，「小茜，妳應該比誰都清楚，自己到底是被誰害到這個地步！」

小茜瞠著雙眼瞪著我跟米粒，然後不由自主的將眼神瞟向了婆婆。

我趁勢抓到時機，就往婆婆那邊衝去，炎亭還在跟她對抗，婆婆愈折磨它，它的怒火就愈旺盛。

「炎亭！」我氣急敗壞的喊著，「你給我冷靜一點！」

婆婆斜睨了我一眼，我可以看見有股龐大的力量向我彈射而來，但我也沒忘記米粒曾經親身示範過的，我伸出我僅存的左手擋下，米粒有神物，我當然也有！

我的手臂憑空割出許多傷痕，纏繞在手臂上的佛珠散落一地，我並沒有退縮。

『安！』我的鮮血味道，炎亭比誰都熟悉。

它飛快回到我身邊，婆婆一臉驚愕，她沒料到我沒死，還分開了炎亭的注意力。

『我要殺掉她！你不知道她對我做了什麼事——我看見了，我都看見了！』炎亭怒不可遏的說著，它在發怒時，火爐裡的火燒得益加旺盛。

它的力量在提升，我一清二楚。

「不行，你殺了她，就永遠不能升天了！」

「錯！不需要升天也能擁有更龐大的力量，你不該只有這等力量！」婆婆忽然張開手掌，「你不殺了我，我就會把你最愛的安活活折磨死……」

婆婆朝著我張開手掌，接著緩緩握了拳。

須臾，我的心臟就像被她掐住一般，傳來揪心劇烈的痛楚——「啊——」

天哪！我甚至可以感受到婆婆的指甲似乎即將刺破我的心臟，那麼的緊窒、那麼的痛苦。

『安！安——』炎亭狂叫著，石室的牆竟開始崩裂，『我不許妳傷害安！』

炎亭再度撲向婆婆，而婆婆這次沒有閃躲。

她安詳的笑著，知道已經把炎亭逼到極致，它會不顧一切的解決她。

米粒在跟乾屍奮戰，鬼魂在阻止僧侶，而我只能護著我的心臟，痛得動彈不得。

沒有辦法阻止炎亭……誰能阻止炎亭，一定要——

一個影子飛快的撲了過來，在炎亭觸及婆婆的前一秒，將那小小的轎子狠狠撞翻，婆婆摔出了轎外，狼狽的滾了下來。

炎亭撲了個空，錯愕的攀住衝來的人。

那不是人，是乾屍，克里斯的乾屍彎身把轎子勾起，瞬間拆了個七零八落。

「小茜……」由於婆婆鬆了手，我的心臟也脫離了束縛。

『你們可以幫我解決掉她嗎？』小茜指著婆婆說，『我想要離開這裡了……我們都想。』

我們，指的不只是我們消失的同事，還有無數個被殘害的靈魂。

她好像流不出淚，可是我看得出小茜正在哭泣。

「叛徒！」火把由背後刺進克里斯的身體，Daw 拿著木樁釘入乾屍，乾屍瞬間著火，嘔啞嘈雜的鬼吼鬼叫著。

然後 Daw 趕忙上前，攙扶起摔斷腳的婆婆，依照她這把年紀，應該隨便摔都不死也半條命吧？

「可惡，你們休想逃離我的手掌心！」婆婆怒急攻心的吼著，一尊尊乾屍忽然全數爆裂，化為乾粉四散。

而 Alicia 及 Alice 盡全力護住米粒跟我，可是許多僧侶也跟著渾身爆開而亡。

整間石室裡都是四散的屍塊，牆上染滿了鮮紅的鮮血。

我拉不住炎亭，石室開始震盪，在我們肉眼瞧不見的地方，兩股力量正在相互衝撞，讓石壁的隙縫愈裂愈開，碎石塊開始震了出來。

Daw 慌亂的退卻，他貼在牆角，開始試圖往門口移動。

「過來！」米粒把我拉到一旁，我們必須開始閃躲掉下的石子，這間石室眼看著就要崩毀了。

然後一塊大石落下，竟砸中了嬰屍油的大柱子。

「彤大姐……彤大姐！」我看著被染紅的嬰屍油流落一地，彤大姐的屍身滾了出來。

「妳待著別動，我去抱她過來！」米粒邊說，邊叫我往牆緣躲。

他俯身走過去，其他殘存的僧侶則緊張的在血灘裡尋找能開鎖的鑰匙，看來保管鑰匙的僧侶已經死於非命。

大尊的四面佛像也跟著裂開，炎亭瞪著那尊佛像，意圖要讓婆婆被活活砸死。

我再怎麼呼喚，炎亭也不再回頭了。

「這一世得不到你，我還可以等！」婆婆忽然大喝一聲，「不要以為我捨不得殺你！」

電光石火間，地上所有的石子騰空飛起，疾速的全數衝往炎亭。

我看得出來炎亭發了怔，它來不及將力量自毀壞的四面佛那裡收回，小小的臉龐上瞪著大眼，它手足無措了！

「等你死了，我再進行一次切割，下一次我保證不會再失手了！」婆婆的狂笑迴盪在石室間，無數的尖銳物全往炎亭身上招呼。

它擋一、擋二，狼狽慌亂的閃躲，婆婆卻絲毫不給它喘息的機會，接著飛起的是那些已爆開的僧侶身上帶著的刀，幾十支匕首都懸在空中，散布了三百六十度的範圍，讓炎亭防無可防。

Alicia 跟 Alice 的靈體衝上去想團團護住炎亭，但還沒抵達，就被婆婆打得七葷八素。

我不顧一切的站起，衝向炎亭，或許我可以為它擋下那些刀子——不刺中要害，及時送醫的話，我還有得救！

可是炎亭它、它萬一這次再死，下一世我怎麼幫它？

『呀——』炎亭不是坐以待斃的個性，它再一次往婆婆那兒撲去。

匕首跟著炎亭而轉向，彷彿導熱飛彈般的亦步亦趨。

婆婆朝炎亭張開大掌，她彷彿知道不能輕易下這個賭，因為或許炎亭不會如她所願的殺掉她，所以她必須先殺掉炎亭。

婆婆曲起手指，彷彿抓握著一個物品般，而我的炎亭就在半空中忽然震顫，接著如凝結般的靜止在空中。

婆婆束縛了它，而如此一來匕首便能自四面八方刺穿炎亭！

「炎亭——」我踉蹌的衝到四面佛前，無來由的狂風掃至，將我整個人往後吹倒，狼狽倒地。

我四周落下了幾十把匕首，它們被風吹散，一一落在我身邊，卻沒有一把傷到我。

「到此為止了。」

一隻柔荑介在婆婆與炎亭間，輕易的切斷了束縛，並且輕柔的環抱住炎亭。

我頹然的昂首望著，我跟米粒都坐在紅血、屍塊與嬰屍油裡，仰頭看著散發著柔和金光的女人。

「我也等妳等得夠久了，婆婆。」彤大姐微微一笑，看似莊嚴神聖。

我見過這種表情的她，在青木原樹海裡，她被鬼長矛刺中之後——木花開耶姬！

婆婆瞠圓雙目望著彤大姐，似乎想施展什麼力量，卻毫無作用。

「我以前曾猜疑過妳，但我必須說，妳隱藏得非常好。」彤大姐輕輕撫摸炎亭，它身上的傷痕漸漸癒合，「干預小夏的靈魂是我後來才知道的事，畢竟能把屍骨帶離樹海，也是很厲害的！我不知道妳的目的，直到……」她溫和的看向我，「安他們願意尋回小夏的遺骨，我才通盤了解。」

米粒來到我身邊，他說抱起彤大姐時，發現她是睜著雙眼的。

「志乃？妳、妳不該存在於這個女人體內！妳在山梨啊！」婆婆滿臉不可思議的大吼，「唯有在樹海裡妳才能上身，妳並沒有隨著轉世啊！」

彤大姐又是一個淺笑，讓炎亭回到我身邊來。

它半跳的撲進我懷裡，嗚咽的哭得好可憐，緊緊摟著我的頸子，一邊說它好生氣，一邊可憐兮兮的告訴我：『我沒有殺人喔！我沒有喔！』

「乖！」我溫柔的抱著它，真的很乖喔！

「只有妳會分割靈魂嗎？哼，有能力是一種負擔，不管在哪一世，特別的人不一定能幸福。」彤大姐往下走了幾步，回首仰望那高大的四面佛。「我只是想有平凡的人生，況且以神靈之姿才方便守護山梨。」

須臾間，那四面佛的手忽然動了起來，提拎起倒臥在地的婆婆。

「妳做什麼！放開我！」婆婆掙扎著，四肢晃動。

「我跟著彤大姐離開樹海，就為了等待水落石出的這天，到底是誰在干預小夏的轉世，總算讓我等到了。」彤大姐對著我微微笑著，「安，米粒，辛苦了！請將遺骨交給我。」

「不——不可以。」

米粒起身去撿掉在屍塊堆裡的金色杯子，我則從他的背包裡拿出那把雪白的匕首，一併讓米粒交給彤大姐。

Alicia 及 Alice 紛紛跑了過來，炎亭回首朝她們張開小手，Alice 的靈魂也將指尖觸及，再次進入炎亭的體內；Alicia 卻遲疑著，她望著彤大姐，欲言又止。

「噢，我差點忘記了，還有一位。」彤大姐突然將頸子間的項鍊拉斷，那竟是一條十字架念珠！

天！我認得！那是在馬拉加時，拿來封住炎亭的乾嬰屍身，不讓炎亭回到身體的念珠。

彤大姐什麼時候拿的？啊……那時的確是她在愛德華神父要刺穿乾嬰屍屍身前拔下念珠的，從那時起她就戴著嗎？

彤大姐對著念珠輕輕一吻，裡頭竟躍出了另一個鬼魂。

我跟米粒完全說不出話來，那是少女 Alicia，我們在馬拉加的嚮導，為了我們意外身亡的十四歲少女！

十六世紀的 Alicia 朝少女伸出手，她們手牽著手，一起進入了炎亭的身子。

「那個女孩子，投胎在現世的女孩也是小夏的一部分？」我不可思議的喊了出來，「她還有靈魂持續投胎？」

所以——婆婆剛剛說，炎亭在馬拉加時至少應該要親手殺了自己靈魂的一部分，那才是完美的魔……她指的是現世的 Alicia！

「嗯，執拗的那一部分，我想婆婆並不想要這部分。」彤大姐聳了聳肩，「我知道還缺 Alex，它已經在婆婆體內，正與之同化了。」

「那怎麼辦？」我緊張的喊著。

彤大姐側了頭，像是在思考，又像在賣關子。

「殺掉婆婆就好了吧？」我身邊的男人沉靜的開口，他緩緩站起時，手裡已握著刀子，「炎亭不能殺生，不代表我不行，更別說那是妖了吧？」

「米粒！」我揪住他的褲角，他要殺掉婆婆？

「是個正確答案。」彤大姐竟回以肯定的笑容，「你願意為了炎亭，殺掉這個年邁的老婆婆？」

「什麼老婆婆？我看不見，我只看見妖。」米粒的口吻異常冷漠，「只要是妖，都該挫骨揚灰。」

彤大姐哦了聲，衝著米粒笑了起來，「就像你同學一樣嗎？」

米粒的臉色忽地一凜，抿緊了唇。

『我不希望米粒殺人。』炎亭忽然輕柔的推開我的懷抱，躍上米粒的肩頭，『安不喜歡。』

米粒側首望著它，點了一下它小巧的鼻尖。

『我落到今天這個地步，是咎由自取吧？』炎亭忽然變成大人似的，『當年如果我不那麼勢利，背叛公主的話，或許也不會落得這個下場。』

「……小夏？」我倒抽了一口氣。

『不，我是小夏、是Alicia、是Alice，也是炎亭。』它朝著彤大姐躍了過去，她張開手掌讓它停駐，『我們是同一個靈魂，記得嗎？』

我說不出話，但是淚水卻拚命湧出。

「安不會這麼想，你知道她最疼你的。」米粒望著炎亭，溫和的說著，「沒有報應這種事。」

是啊，我反而慶幸有這麼一段，才能讓我擁有炎亭！

『謝謝。』炎亭落寞的點了點頭，回身看向彤大姐，『神女可以幫我嗎？』

「當然，不然我待到這時是為了什麼？」彤大姐又朝向米粒，「最初的木盒還在嗎？」

我抹著湧不盡的淚水，從我的包包裡拿出當年盛裝炎亭的木盒，這次是我自己使勁起身，親手交給彤大姐。

我的雙眼凝視著炎亭，它的神情在剎那間變得很成熟。

上頭的婆婆還在唸咒，但似乎已無用武之地。

炎亭乖巧的躺進木盒裡，彤大姐向上勾動手指，四面佛將婆婆降低了高度，來到她身邊。

我跟米粒相攙扶著走近石桌，我的心好痛，我知道炎亭即將從我的生命裡消失，分別的時候到了。

『天下沒有不散的筵席。』炎亭躺著望向我們，『你們要幸福喔！』

我們說不出話，米粒只是緊緊握著我的手。

『會再見的。』它肯定的點頭，『一定會。』

「妳要做什麼！不——不能這樣對我，我等了好幾百年——」婆婆歇斯底里的叫嚷著。

「也不好意思再讓妳等下去了。」彤大姐忽然劃開了婆婆的頸子，「神女這麼做，叫制裁。」

鮮血瞬間大量的灑落，將炎亭整個身軀澆淋覆蓋，也包括了那金色的頭骨杯子與腿骨匕首，婆婆瞪大了雙眼、張圓了嘴，鮮血拚命湧出，也滑出了那泛著藍光的小男孩。

它瞥了我們一眼，帶著難見的歉意笑容，鑽進了炎亭身體裡。

婆婆的身體開始萎縮乾癟，像是電影裡的吸血鬼，當血流乾時，會變成一個醜陋的薄皮囊。

彤大姐輕揮柔荑，米粒那張被屍塊蓋滿的卷軸飛了過來，卷軸彷彿自己有生命般的全數開展，像彩帶一般緊緊裹住婆婆，由頭至尾，包裹得密不透風。

彤大姐再看向貼在門板上的僧侶跟 Daw，她淡然一笑，全身迸發出強烈的光芒，然後優雅的拔起胸中的匕首。

沒有鮮血流出，我只看見曼妙的光芒從窟窿裡迸出。

那金光中飄浮著一名女孩的身影，她穿著和服，朝著我跟米粒深深的行了禮。

小夏啊……那光芒炫目而美麗，我虛弱的閉上雙眼，身子好輕，一切宛若在夢境中般的騰雲駕霧，可是我心裡充盈著滿滿的喜悅。

下一世，要過得幸福喔……

砰！

我撞上了冰冷且堅硬的地板。

全身氣力已被抽盡，我無力爬起，只能任由自己賴在地上，輕聲喚著米粒。

剎那間眼界所及不見石室、滿地的碎肉塊或是嬰屍油，而是正常的石板地，我聽見沙沙聲響，強而有力的大手自後伸來，將我安穩的摟進他懷裡。

全身上下都好痛，我被米粒攙起，我們都沒氣力了，只能坐在地板上，望著該是熟悉的一切。

這裡是廟門外頭的那條長道，何時出來的根本沒有印象，我好像睡了很長的覺，睡得兩眼惺忪、腦子不清醒。

石子路依舊，這兒什麼都沒有，沒有婆婆、沒有僧侶、沒有乾屍，靜謐得令人狐疑；地上出現燦燦陽光，我不由得昂首，現在是下午四點，這兒見得著陽光了。

我們身上帶著血、染著嬰屍油，有著難聞的味道，證實剛剛一切都是真實的……噢，至少傷口會痛呢！

可是環顧四周，為什麼只有我們兩個人？

「炎亭呢？」我揪著米粒的衣服，「還有彤大姐、彤大姐呢？」

「我沒看見。」米粒的聲音很虛弱，我趕緊回身，他再度渾身是傷。

我難受的撫著他的臉龐，為了我、為了炎亭，總是拖累了他。大手環住他的身子，我貼在他的胸前，望著空無一物的地方，不禁悲從中來。

「炎亭走了對吧？」我緊閉上雙眼，我甚至沒來得及跟它說句重要的話、或是正式的道別！「彤大姐也、也因為我們——」

「醒了啊！」

清揚的聲音從遠方傳來，我愕然的睜眼，跟著望向小徑的出口，那兒奔來熟悉的身影。

「很熱吧？」彤大姐提著一袋椰子，「我跑去買椰子汁了，保證新鮮現剖，而且沒有加水喔！」

我跟米粒莫不瞠目結舌，呆愣的望著她。

彤大姐來到我們面前，揮汗如雨，她白色的衣服上開了朵紅花，幾乎染紅了整件衣服，胸口處甚至有裂痕，證明她真的被匕首刺穿過心臟！

「快點，喝一口，超耗體力的！」她捧起一顆椰子塞給米粒，再拿另一顆餵我，「我還買了一些甜食，吃一吃才有體力走。」

「妳……」米粒蹙起了眉，「為什麼一個已經死掉的人，可以這麼有體力？」

「呸呸呸！誰死了？我好好的咧！」彤大姐沒好氣的唸著，「你以為我喜歡被殺啊，痛死了！」

「那妳怎麼……」我丈二金剛摸不著頭腦。

「拜託，你們以為是誰拖你們出來的啊？我說那個木什麼姬的很不夠意思，事情解決就走了，我一醒來就站在快崩塌的石室裡，你們兩個倒在地上，我費了多大力氣才把你們拉出來！」她大口大口的喝著椰子汁，「然後拖出來，門就關上了，我怎樣都進不去！」

我們望向廟門，果然是緊掩的。

「那還有一些僧侶呢？」我記得的，那幾個為虎作倀的人還在啊！

「哪有？」彤大姐忽然哦了一聲，「妳是說門邊那堆雕像啊？說來還真的很像是那個叫 Daw 的人！」

離像？木花開耶姬把他們化作雕像了。

彤大姐望著我們，再看了看四周，最後嘆了一口氣。

「死小孩走了啊！」她勾起一抹帶著難受的美豔笑容，「還真有點寂寞呢！」

豆大的淚珠滾出我的眼眶，是啊，真有點寂寞呢。

「這一次，它一定能有個順利的人生。」米粒沉重的說著，「它的靈魂總算是完整了！」

我泛起苦笑，是啊，就是我們的目的。

分離是早就註定好的事，只是人們總以為做好心理準備，但當那一刻來臨時，還是掩不住悲傷。

「對了，這個要給你們。」彤大姐從染血的包包裡拿出兩樣東西，老實說，我還滿佩服她渾身是血的跑去買東西吃。

一個是染血的木盒，那個曾經裝盛著炎亭、帶它到台灣、也送它離開的盒子。我珍惜的撫觸著它，這意義重大，代表著炎亭曾經存在過的證據。

另一個，是交給米粒的，是那個卷軸。

那是米粒的朋友給他的，非到緊要關頭才能使用，米粒將卷軸依地攤開，軸心向外轉著，攤出一長條的梵語帖。上頭有著看不懂的文字，還有許多圖畫。

然後，我們在裡頭，看見了一幅畫。

一只如氣球般的薄癟皮囊，猙獰呼叫的臉龐，是婆婆。

尾聲

回到台灣後，我們整整休息了一個多月，畢竟是掩蓋著傷回到台灣後才就醫；我骨折的手還要好一陣子才會好，其他傷勢倒是好得差不多了。

這一個月我們很常聚會，總是彤大姐到我們家，大家一開始都是聊在西班牙跟德國、泰國發生的一切！最讓我們好奇的是木花開耶姫附在彤大姐身上的那段時光。

彤大姐說她是真的被殺死，刀子刺進心臟的痛難以形容，她可以感受到異物入侵心臟的冰冷感，還有心臟停止跳動的窒息感；那時腦子裡就閃過一個聲音，要她放輕鬆。

都要死了當然輕鬆，不然還能怎樣？彤大姐說倒地後她還有意識，也知道被泡進噁心的嬰屍油裡，她的靈魂幾度要飛離身子，都是被人拉住才沒有離開。

然後有個人叫她蹲下安靜，緊接著木花開耶姫就佔據了她的身體。

木花開耶姫只是在等機會，她知道我們不會放任彤大姐遺體不管，遲早會打破柱子，她也在觀察炎亭的魔性有多強，是否真會殺生？如果事情走到那個地步，她會先制伏炎亭。

「炎亭它很聽話的。」我總是這麼說，它不會殺生，為了我。

事實也是如此，所以炎亭終於得以升天，進入正道輪迴，而婆婆則被封進了梵文帖裡。

彤大姐說，婆婆原本只是普通的侍女，但是自幼便具有靈力，她潛心修煉卻走入魔道，甚至大膽的去招來邪魔，並與之合體；她用能力去壓制邪惡並吸收，日子愈久，她的心益加扭曲。

然後她找到一個能迅速成魔的捷徑，那就是讓一個具有強大靈力的女子成為魔，再吃掉她！從肉體到靈魂，吞噬得一乾二淨。

所以她相中了我。因為志乃她無法出手，那是神女，她一個修魔的人怎有辦法控制？她要自己培育一名能掌控的魔性之女，激發出所有靈力、除掉良善的部分，再藉由儀式吞噬。

誠如婆婆說的，我的命運被志乃干預，所以小夏成了第二犧牲者，經過三世輪迴、拆解了五次的靈魂，卻在緊要關頭與我相遇了！

那是斬不斷的緣分，小夏跟我，前世今生都有牽絆，所以當年在泰國時，炎亭才會認我為主人。

它不嗜血，是因為察覺到我不喜歡；它不殺生，也是因為我不允許。

不管是什麼型態的存在，我跟炎亭的關係一如當年的公主與小夏，總是乖順聽話。

「那木花開耶姬呢？」我托著腮，望著現在一點都不神聖的彤大姐。

木花開耶姬說過，她想用人的身分活下來看看……不帶任何靈力與神性，不過神女就是神女，單純為人的個性也挺強的。

「走啦！我哪可能讓她待那麼久！」彤大姐噘起了嘴，「她說她要回山梨，還說有空可以去玩。」

「去樹海玩嗎？」米粒皺了皺眉。

「那倒也不錯，那裡很美。」我咯咯笑了起來，反正冤靈已逝，「我們也該有個正常一點的旅遊跟觀光了吧！」

「說的也是。」米粒伸了個懶腰，「天哪，認識妳之後好像沒有一次旅遊能玩得盡興！」

「對不起喔！」一開始是尋找我的感情、再來是炎亭的前世。

「沒關係，我甘願。」米粒忽然握住我的手，「那下一次，去蜜月旅行怎麼樣？」

蜜……蜜月？我瞪圓了眼，坐在對面的彤大姐驚呼出聲。

「喔喔好害羞喔！」彤大姐趕忙起身。「我會瞎掉，暫時迴避！」

「不不，我要你們當證人。」米粒趕緊拉住她，「證實我跟安求婚了！」

我緋紅了臉，極為靦腆的望著他，對面還有人不停的吹口哨，害得我超想找洞鑽下去。

米粒拿出了戒盒，裡面是簡單的單顆美鑽。

「嫁給我。」他說話很簡潔。

我難掩喜悅幸福的笑容，望向米粒的對面，那空著的位子。

你們，米粒指的是彤大姐以及炎亭。

我們為炎亭留了一個位子，開啟的木盒邊總是盛裝滿滿的玉米片加牛奶，炎亭最後希望我們幸福對吧？

「炎亭，你說呢？」我故意問著。

「喂，妳這——」米粒餘音未落，木盒忽然啪的一聲蓋上了。

我們頓時安靜下來，不約而同的望向那莫名其妙闔上的蓋子。

「那是點頭。」米粒立刻指向木盒，「炎亭，虧我平常沒虧待你！」

我笑開了顏，讓戒指戴進無名指裡，炎亭都說好了，我還有什麼話說呢？

米粒興奮的衝上前抱起我，在屋子裡轉著圈，彤大姐在一旁跳起熱舞，笑得興奮莫名。

「婚禮婚禮！」

「別鬧了，我們快沒錢了！」在歐洲花太多錢了，「登記就好。」

「嗯，贊成。」

「蜜月咧？」

「呃……國內就好。」米粒昂首望著我，「正常的旅行？」

「正常的旅行。」

我揚起滿滿的笑容，低首吻了他。

2010.08.27　Fri.　炎夏

我把窗戶開著，熱浪吹了進來，真是個滯悶的夏天，坐在桌前，我想起一年半前，炎亭才剛來，坐在我右手斜前方一點鐘的方向看我寫日記。

那時我才剛從泰國回來沒多久，算是死裡逃生，並且找回了悲傷的情緒；而它就坐在那兒跟我說，我的情感亡佚事關前世，現在這些情感散落在世界各地，我想要讓自己擁有完整的情緒，就必須去旅遊。

於是我去了港澳，還順道進了一趟冥市，接下來歷經過海嘯的巴東海灘、最後是日本山梨的青木原樹海，在每一趟旅程中尋回一個情感，也遇見了故人，才漸漸讓我明白，原來我的情感闕如是自願的，在前世的悲慘命運中，我死前許下遺願，希望再也不要有喜怒哀樂與恐懼。

後來我也查過，在巴東海灘時曾遇過一個附身的鬼魂，也在那兒拾獲我前世的飾物，上頭刻有家徽，原來過去曾有日本船隻在那兒消失，怕是遇到了海難，所以沉沒在大海裡。

那艘船或許跟武田家有淵源，所以才會有武田家徽的金梳，而那個前來相助的故人……我推想，該是虹子吧！當年讓她無須陪我送死，所以她才說過以前曾經欠我一次，那時便現身幫我。

沒想到歷經了這麼久，她也沒有升天，幸好我在巴東海灘時曾做了一次大淨化。

在青木原樹海裡我成了一個完整的人，擁有了完整的情緒，更意外的發現原來炎亭的前世……前前前世跟我有過淵源，並且曾經背叛過我！原本以為只要我原諒它，它便能藉著木花開耶姬的力量升天，沒想到她幾百年前的遺骨竟被挖走了！

於是，我們開始在短時間內尋找遺骨，進而發現它的靈魂被分成好幾塊，一部分被困在別的時代，剩餘的繼續轉世，為了造就成現在的炎亭，一個應該嗜血如命、殘虐邪惡的乾嬰屍。

可是人算不如天算，炎亭與我在這世重逢，即便轉世，它卻還是擁有良善的那部分，雖然跟個孩子一樣，但一點都不殘忍。

我想，婆婆沒有注意到的部分，是同理心吧。

炎亭會站在我的立場設想一切，不以血餵養、不殺生，都是為了我；在人的生命中，有時候會有非常非常重要的事，會刻在靈魂上，轉世數次都不會改變。

那就是小夏對公主的心意。

或許曾背叛過，但她歷經過悔恨，那份心成了靈魂的刻印，即使遺忘前世，即使已經是新的一世，它的潛意識還是為我著想。

這是婆婆不懂的事，因為它已是妖，不是人了。

至於封有婆婆的梵文帖，米粒交給他朋友處理了，聽說下了台南一趟，封印住婆婆的卷軸，唯有高人才能解決。

我的右手前方一點鐘方向，現在擺了一個木盒，盒子裡放著一張剛印好的照片。

我要告訴炎亭，我跟米粒上午去公證登記，我們已經結婚了。

等一會兒就要出發去度蜜月，雖然沒有工作又沒閒錢，只能在國內蜜月，但只要心在一起，去哪裡都一樣。

我們要去小琉球，把那兒當一個南洋小島，風情截然不同。

我會帶著木盒去的。

我知道，炎亭一定不會讓我把它扔在家裡的。

天下的確沒有不散的筵席，但是會有斷不了的緣分，我相信有生之年，我跟炎亭一定會相遇。

那時，我跟米粒一定要很幸福很幸福的，出現在它面前。

番外・贖罪

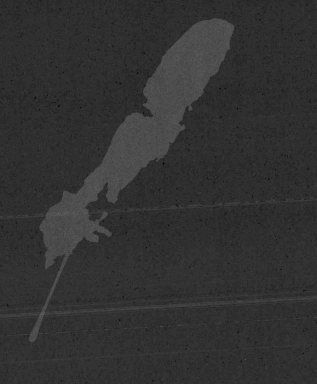

施密特太太一直是個低調的人。

甚至可以說有點孤僻，她隻身一人來到這個小鎮時，所有人都相當好奇，為什麼一個年歲這麼大的人會搬到這裡來，而且身邊完全沒有親人。

房東先生說，施密特太太沒有帶什麼行李，只拎了個小包便入住，還一口氣付了一年的租金，所以他也沒多問什麼；一搬來，鄰居們都試著跟她打招呼，或是送些水果點心，施密特太太總是婉拒，直到大家執意擺在她家門口，她才收下。

因為沒有交通工具，施密特太太總是徒步走半小時到鎮上去採買日常生活用品，她身體康健，但大家都想載她，她只是搖搖頭。

「不愛笑的孤僻女人」，這是鎮上給施密特太太的稱呼。

她彷彿知道，但也都無所謂。

簡單採買了些必要的家具後，她的生活安定下來。她在固定採買食物的雜貨店認識了漢默先生，他是個熱心助人的美國人，經常找藉口「順路」幫她把食物載回去，她人不給載沒關係，沉重的食物及日用品總沒問題吧？

施密特太太不知道如何拒絕，因為她總是打電話讓商店留貨，到了現場付錢提東西走人，而漢默直接把她那袋日用品載到她家去，錢叫她自己跟商店算。

「我就剛好經過。」每一次，漢默都這樣說。

漢默在二戰中失去了親人，是個年逾五十的單身漢，大家都覺得他似乎喜歡施密特太太，否則又送食物又送日用品的，這會兒還幫她釘起屋外的涼亭，說是盛夏好在屋外吃東西，太陽下才不那麼熱。

木頭是撿的，人工是順便，他還用了極為蹩腳的藉口：他也想在屋外蓋個亭子，先在這兒練練手。

施密特太太無法拒絕，也就讓他在屋外敲敲打打起來。

他們是小鎮茶餘飯後的八卦，但也是焦點，孩子們都喜歡漢默，所以總是在他工作時在旁邊繞。

「欸，走開走開！」漢默吆喝著，「你們這樣很危險！」

施密特太太聽見聲音推門而出，看著孩子們在木架上跳躍，附近還有這麼多釘子，還有人拿起鐵釘，玩鬧式地扎著對方。

「孩子們，別打擾他工作！」施密特太太難得出聲，竟有副威嚴之態。

孩子們都停了下來，愕然的看著她，他們幾乎沒聽過她說話。

漢默也是，他跨坐在木梯上，正釘著樑呢，不禁也回首吃驚的看著施密特太太，她的聲音低沉沙啞，與其他人不一樣，似乎帶著點滄桑。

「誰都不許靠近那兒，你們……都坐到階梯這裡來！」施密特太太喊著，指著屋子前的階梯，要孩子們一一坐好，「不許動喔，每個都坐好。」

再次交代後，她回身進屋，孩子們好奇的張望，誰都沒進過施密特太太的家啊！

一分鐘後，施密特太太端著一籃的冰棍出來，孩子們興奮的跳起來就要搶，又即刻被她喝令坐下。

「規矩，要有規矩啊你們！」施密特太太搖了搖頭，「禮貌是基本的，籃子傳下去，每個人都拿得到，不可以先吃。」

孩子們依言一個個拿起冰棍，籃子裡還有剩，但懼於施密特太太的眼神，他們也不敢多拿；接著等大家齊聲說著謝謝後，才一起開始吃。

施密特太太依舊不苟言笑，提裙走向了豔陽下的漢默。

「下來吧，喝點水吃個冰，我自己做的桃子冰。」她隻手遮陽，朝上喚著。

漢默開心的下階梯，這是他三年來，頭一次被她招呼吃點心，第一口的水，喝起來是如此的甘甜。

「好好吃喔！」孩子們驚奇的喊著，「這冰棒好好吃！」

施密特太太點點頭，對於自己的手藝很有信心，「吃完再來拿。」

說著，她多拿了一根，擱在桌上留給漢默。

孩子們狼吞虎嚥，巴不得可以再多吃點，施密特太太一點兒都不怕孩子吃，她冰箱裡還有一大堆，季末時她買了一大堆桃子，全做成冰棍，就是為了盛夏解暑用。

這時，對面有個衣衫襤褸的男孩朝她院落這兒看過來，小小的臉蛋髒兮兮的，還嚥了口口水。

施密特太太瞧見了，就是一招手，「過來。」

階梯上所有的孩子同時抬起頭，且幾乎每個人都同時露出了嫌惡的神情。

男孩遲疑著，手在大腿兩側上撓抓，但還是不敢貿然往前。

「我叫你過來，布利斯！」誰料，施密特太太準確的喚出他的名字。

布利斯難以掩飾興奮的綻開笑顏，旋即跑了過來，但他才一跑進來，階梯上有個大孩子卻站了起來。

「我不要跟納粹一起吃東西！」男孩粗魯的扔下冰棒棍，轉頭奔了出去。

「我也是！」另一個男孩連冰都沒吃完，隨手將冰扔在台階上，氣呼呼跑了。

布利斯嚇了一跳止步，擦擦髒髒的小手，心慌的想要離開。

「不許跑！」施密特太太又叫住了他，「過來，不是要吃冰嗎？」

布利斯顫抖的搖搖頭，一臉要哭出來的模樣，轉身就想逃。

「過來！」她又喚了一句，「他們都不吃，剩下的剛好都給你啊！」

這話讓在原地遲疑的孩子怒了，他們紛紛起身離開，有個胖小子不敢特立獨行，也跟著其他孩子離開，只是邊走邊吃，把冰塊都吞進肚裡了才跟著跑走，而且離開前還很有禮貌的把冰棒棍擱到漢默先生身邊的桌上。

「他是納粹！」孩子們齊聲喊著，「惡魔納粹！」

布利斯整個人都縮了起來，小手互絞著，施密特太太只是瞥了眼階梯上的混亂，接著把籃子擱上桌。

「都是你的了！」她竟露出了難得的微笑，「不吃就是你損失了！」

布利斯害怕的望著兩公尺外的施密特太太，又瞄向身邊坐著吃冰的漢默，漢默並不正眼瞧他，不想發表意見，這是施密特太太的家，她有權決定誰能踏入她家；有權邀請任何人吃東西。

猶豫再三，布利斯終於鼓起勇氣走進院子裡，拿起籃子裡快融化的冰，站在原地吃了起來！孩子就是孩子，沒兩口就露出滿足的笑容；施密特太太看著瘦小的孩子，看上去不過八、九歲的孩子，二戰十年前就結束了，他能是什麼納粹？

「你是德國人？」施密特太太幽幽的問著。

布利斯顫了一下手，戒慎恐懼的瞄向她，點了點頭。

「德國人住在這個猶太社區？你父母是怎麼了？」她搖了搖頭。是啊！這個鎮百分之八十都是猶太人，好不容易存活下來的人們，怎麼可能不對德軍納粹恨之入骨？

男孩沒敢說話，他看起來膽小瑟縮，被鎮上的人排擠慣了。

「他們是騙了大家才搬進來的！」漢默為他開了口，「當時說自己是英國人，口音是很像，搬進來一陣子後，被人發現他媽媽朵瑞絲的德國口音，原來是欺騙了大家。」

施密特太太眼眸一垂，「所以這裡還有限制什麼種族才能搬進來啊……」

「也不是這麼說，但畢竟猶太人居多，而且……」漢默眼神放遠了，雖然他是美國人，但戰事的慘烈令人發寒，「德軍手段令人髮指。」

「但這雙手是乾淨的。」施密特太太驀地握住男孩的手。

漢默無奈的苦笑，「說得容易啊，人們如果能這麼輕易理智的區分開來，世界上還會有這麼多仇恨嗎？現在大家對德國人都是恨之入骨！」

孩子聞言，下意識緊張的愈吃愈慢，冰變得似乎沒那麼甜得難以消化了。施密特太太只是再從籃子裡遞給他更多的冰，讓他知道儘管吃沒關係。

「不搬走？」

「沒有錢。」布利斯主動回答，「我們沒辦法離開。」

當然。施密特太太打量著全身髒污，瘦骨嶙峋的布利斯，只怕連飯都不能好好吃一頓。戰爭結束已經十年了，這個鎮還算富裕且能自給自足，是如何讓孩子餓成這副德性？

「你坐下來，慢慢吃。」施密特太太突然按著孩子，坐到與漢默同一張桌前，「我的院子永遠歡迎你。」

孩子怔然的抬頭看著在身後的施密特太太，淚水奪眶而出，激動的哭了出來；施密特太太並沒有擁抱他，只是雙手搭在他的肩頭，表示她的支持；漢默看著這個女人，心裡益發喜歡她，她甚至比他還勇敢，敢於當面支持德國孩子。

接著，施密特太太讓布利斯好好吃，還進屋內拿出幾條她自己做的麵包讓他帶回去，孩子哭得涕泗縱橫，再三道謝後快樂的飛奔回家。

「好啦！消暑了！」漢默微笑著起身，「我繼續工作了。」

施密特太太望著他，嘴角微幅上揚，「謝謝。」

「我就只是練練手！」漢默還在嘴硬，爬上了梯子。

而施密特太太沒有閒著，她來到自己屋前的階梯前，看著上頭融化的冰、到處扔著的冰棒棍，哪幾個孩子她記得一清二楚，所以她離開院子，開始到這些孩子的家裡去，一一請他們的家長過來打掃。

誰弄髒的誰清理，她請客，冰棒棍可以扔到垃圾桶，可不許扔在草地，基本教養與禮貌都沒有，她還直接當面訓斥了孩子們的家長；一般人面對錯誤被指責時，多數都會惱羞，再加上孩子們指出她讓布利斯進了院子，是非頓時消失，焦點於焉模糊。

明理的父母再三道歉，叫孩子去清理，順便教育那是別人的院子，有權邀請任何人；但遺憾的是，絕大多數人是指著施密特太太的鼻子罵，問她忘記納粹的殘忍了嗎？他們每個人都歷經了生離死別，多少猶太人在那集中營裡痛苦的走向死亡？

施密特太太不在意，不依不饒的就是要他們去清理她的階梯，或者他們願意當眾承認，他們就是教育失敗的父母。

但是，那些父母們選擇讚揚他們放肆的孩子，因為他們羞辱了德國人。那天的最後，只有三個孩子回去清理階梯，可臨走前還在草地上吐了口水，充分表達他們的歧視與憤怒，即使他們根本沒有歷經過二戰。

知曉一切的漢默感到詫異，他沒想過那一直不說話的施密特太太，會是性情這麼剛烈的女人。

她回來時，面無表情的收拾髒亂，彷彿剛剛與鎮民的爭吵無法動搖到她。

「明天別再來了。」送漢默離開時，她平淡的說。

「為什麼？」漢默一愣，「我還要上漆呢！」

「對你不好。」施密特太太十分認真，「我即將成為眾矢之的。」

她說得對，漢默心裡明白，但是他卻覺得施密特太太做得很正確！不是每個德國人都是納粹，也不是每個人都上過戰場、屠殺過猶太人，更別說是布利斯一家了！

他雖然總是這樣想，卻也不敢做，到這裡這麼多年了，他也沒有一分的勇氣……現在，他突然握住了施密特太太的手，她嚇了一跳。

「我不怕，我想……與妳同行。」漢默堅定的看著她，她的眼裡跳動著某種光芒。

施密特太太沒有勸退，而是點了點頭，輕輕的說聲麻煩你了。

漢默彷彿獲得巨大的力量一樣，開心的笑著向她揮手道別，心滿意足的離去；站在門口的施密特太太，看著自己剛剛被粗糙大掌握住的手，身子突然感受到數十年未曾有的溫暖。

※ ※ ※

接下來的日子，施密特太太與漢默感情升溫，涼亭之後是躺椅、躺椅之後是長椅，再來是花園……然後，是施密特太太手上的戒指，他們訂婚了！

不過施密特太太卻沒有因為戀愛而停止自己的行動，她開始接濟布利斯·克拉斯科一家，常常送麵包或食物給他們，還打聽到布利斯父親，亞貝的工作之處，由於鎮上的排擠，所以他只能當農場工人，在鎮長手下工作。

施密特太太沒事就拎著野餐籃，來到鎮長的農田對面，從籃子裡拿出野餐布鋪上，可以坐上一整天或一下午，看著工人們工作。中午時還會親自到田裡給亞貝食物與水，他們未曾交談，接著她又走回她的野餐墊吃飯。

看了幾個月，連鎮長都氣急敗壞的問她究竟想做什麼？

「我坐在這裡野餐，不行嗎？」她也總是回得理直氣壯。

某天工人領完工資後，她親自登門，讓克拉斯科一家子嚇壞了，慌亂的收拾凌亂窄小的屋子，不知道該怎麼迎接這位貴客，這數月來接受她的慷慨救濟，銘感五內！

但施密特太太只是想知道，亞貝工資多少。

「工資……」亞貝望著施密特太太，不知道自己淚水已滾落眼眶。

觀察數月，她親眼看見亞貝在工地裡動輒被打罵，被眾人恥笑羞辱，連吃飯都被排拒在外，一個人窩在角落，連餐食也格外差劣，但她卻從未見他過一絲一毫的埋怨。

但現在問他工資多少時，他竟落淚了。

「沒關係的，我們這樣就很好了。」妻子朵瑞絲緊張的說，「謝謝您的幫助，但真的夠了！」

「工資多少。」施密特太太想要知道的是這個。

亞貝真的阮囊羞澀，鎮長果然只給了不到三分之一的薪水，剋扣他們至三餐不纖，所以布利斯才會如此瘦弱，連亞貝也顯得纖細。

「施密特太太，不要去！拜託！」亞貝突然攔住了她，「妳如果幫我們出頭，我們只會更慘！」

施密特太太皺起眉，「這不公平，所有人對你不公，你就必須屈服嗎？」

「現在有三分之一，如果我們強硬爭取了，會連三分之一都消失的！」亞貝也苦苦哀求，「而且我妻子孩子出去會被刁難，生活也不好過……我知道您為我們抱屈，但這就是現實，我們寡不敵眾啊！」

朵瑞絲淚如雨下，心痛不已，「誰叫我們身上流著德國人的血？希特勒的殘忍，卻是我們買單。」

「所以這是不對的，群眾力量應該是用來讓社會更美好，而不是拿來欺壓的。明明歷經過戰爭，才幾年人類又走上老路子。」施密特太太緊握了拳，「不過我也明白你們說的……那要不要離開？」

布利斯憂傷的看著父母，他問過不下數百次了，但他們家沒錢，哪裡都去不了！現在每個月的工資，能吃飽不餓死就很好了，還怎麼搬家？

「我們可以的，沒問題！」亞貝喃喃說著，聽起來像是催眠自己。

施密特太太沒再說話，逕自出了門。

那個週末，她卻邀請了克拉斯科一家到她的涼亭下野餐，深怕別人不知道的盛大，漢默也扛著冷言冷語，全力支持未婚妻一起烤肉，他們還放音樂，好不歡樂。

鎮上的人自然是盛怒異常，施密特太太已經變成「納粹同路人」，大家不明白為什麼孤僻的她選擇與納粹家為友，還如此袒護？漢默自然也飽受言語諷刺，說他喜歡上一個納粹，為此是非不分，神魂顛倒。

「就不是，你們憑什麼這樣說！如果德國人就是納粹，那我美國人，我就是投下原子彈的殺人兇手嗎？」漢默在門前跟對面鄰居對吼，「戰爭已經結束了，為什麼你們還不停止殺戮？」

「大屠殺是納粹才會幹的事，我們只是拒絕來往，不讓他們再來傷害我們！」鄰居大鬍子聲如洪鐘，不滿的與之叫囂。

「那克拉斯科一家三口，是怎麼傷害你們？荒唐！」漢默實在懶得跟他們吵，這時，眼尾卻瞥見了從容走來的施密特太太。

一瞧見她，他就笑逐顏開，兩朵小花都躍上臉頰了。

「麻煩你，載我去鎮長家好嗎？」她輕聲的請託著，自從訂婚以來，搭乘他的車出入已是自然。

漢默喜歡她的依賴，因為她太獨立，能被她依賴使他有莫名的成就感；只是今天有些怪，載著她前往鎮長家，她卻不說是為什麼事，途中又接上亞貝，這讓漢默大感不妙。

直到抵達鎮長家時，才知道她是替亞貝討工資來的。

施密特太太列了一張清單，寫明了五年來鎮長總共剋扣了亞貝多少錢，希望他能還清。

「我給他一份工作他就要感恩了，想想看當初說要給我們猶太人工作與田地，結果給了我們什麼？」鎮長怒不可遏，「給了我們飢餓與死亡！」

「不是克拉斯科他們害你們的。」施密特太太平靜的望著鎮長，她今天披了條長披肩，氣色顯得很好，「亞貝過去也不是軍人，布利斯還是戰爭結束後才出生的孩子，叫什麼納粹？」

「他們是德國人，德國人體內都流著納粹的血！」鎮長對著她咆哮，「種族歧視，進行清洗的惡魔！」

「那你們就比較高尚嗎？你們認定德國人等於納粹一事，不也是種族歧視？」

施密特太太說得不慍不火，「但我現在不是在跟你討論族類或是屠殺，我是在替亞貝跟你索討，你剋扣他的薪資！」

「他沒有資格拿薪資！」鎮長高分貝的說出了實話。

亞貝一凜，他斷沒有想到施密特太太是要帶他來要工資！他說過沒關係的啊！

「對！當年我們在集中營做了多少事，一天也只給我們吃一餐，毫無工資，最後還要被送進毒氣室，或是槍殺身亡！」鎮長夫人也答了腔，「這是天道輪迴，當初他們怎麼對我們，現在我們便如何對他們，工資？免談！」

這吵鬧引來了鄰人的留意，鄰居們紛紛聚集，一時之間水洩不通，表面上是到鎮長家看熱鬧，本質上是運用群體公審德國人與施密特太太，順便挺鎮長。

不想蹚渾水的人就緊閉門窗，假裝不知道有這回事。

漢默處境變得尷尬，面對鎮上的多數勢力，他反而變得侷促起來，甚至興起了勸阻施密特太太的想法。

「施密特太太。」亞貝緊張的拉了拉她，他不該來的，「那份工資我可以的，我沒問題，我——」

「我不是來吵架鬧事的，我只是幫亞貝要回他應得的工資，大家工作時間相同，他理應拿到跟鮑伯一樣的工錢。」施密特太太看向了鮑伯，他也是農工之一。

「他應得的就是那三分之一。」連鮑伯都嚷嚷，「認真要說，他根本沒有資格拿錢！」

「對！應該只給他一碗清水！」

「他們加諸在我們身上的痛，死都不足惜！」

眾人你一言我一語，鎮長家頓時吵鬧喧天，這時施密特太太反而不說話了，她聽著四周謾罵羞辱，漢默越發無地自容，不敢再看鎮民，他握住了施密特太太的手。

「安娜，我們離開好不好？我們怎麼跟他們敵對？」漢默慌了，他覺得自己沒有罪，卻像要被大家的眼神刺穿。

施密特太太望著他的眼神變得冰冷，突然揚起了一抹笑……電光石火間，她擎起了掩藏在長披肩下的長槍，對準了鎮長。

「呀——」現場一片驚叫聲，下一秒陷入了絕對的寧靜。

槍口就抵在鎮長的額頭上，是貼著的啊！

「你們認為什麼叫納粹？」施密特太太決絕的凝視著鎮長，「我說，你們的寶貝兒子呢？」

咦？夫人一頓，尖喊著孩子的名字，管家戰戰兢兢的從後頭走出來，用恐懼淒苦的眼神看著她，搖搖頭，不在啊！

「啊……啊，我的約翰！」她腳軟的跪了下來，鎮長被槍口抵著的額頭也開始發顫。

漢默跟亞貝都傻了，他們看著擎著槍的施密特太太，腦袋一片空白，

「鎮長，亞貝應得的工資。」她一字字的說著。

「……拿！去拿！」鎮長抖著聲音高喊著，「快去拿啊！」

後面那盈滿恐懼的尖叫聲，讓管家恢復意識般的趕緊去拿錢，鄰居們在不可思議中也緩緩回神，打算進行反撲。

「誰敢動，鎮長的寶貝兒子就完了！」施密特太太一字一字緩緩的說，「沒有我，他連一天一碗清水都沒有。」

「別動，拜託你們別動！」鎮長哭了起來，剛剛那盛氣凌人的男人，現在卻變成討饒的可憐人。

管家跌跌撞撞的拿來一盒錢，施密特太太讓亞貝上前去數，他遲疑恐慌的望著她，但是她卻回以絕對堅定的眼神。

亞貝沒有多拿，按照施密特太太列出的清單，拿到一筆豐厚到不敢想像的工資……即使那原本就屬於他。

「走。」她交代著，「其他的事我都跟朵瑞絲說了。」

外頭，傳來了噠噠馬蹄聲，鎮民回首看著，是一輛馬車，駕馬的是朵瑞絲，車上還有布利斯。

「……亞貝在嗎？」朵瑞絲疑惑的說著，這氣氛怎麼有點怪？

施密特太太只交代她這時駕著馬車前來接走丈夫，一路前往她指示的地點，但是沒說他來做什麼的？這狀況……該不會丈夫又被怎麼了吧？才準備下馬，鎮民們卻分開兩旁，如摩西過紅海般，丈夫緩緩的從裡面走出，手裡還捧著一個盒子。

那是什麼？朵瑞絲想問卻不敢問，看著鎮民們既緊張又忿恨的眼神，他們過於沉默跟僵硬的舉動，都讓她覺得必須走！施密特太太叫他們走是有原因的！

朵瑞絲移到車斗上，那裡面是他們少得可憐的家當，亞貝接過轠繩駕馬而去，臨走前他不捨的看了眼屋內，為什麼施密特太太不一起出來？

「安娜！」漢默顫抖著，用懇求口吻拜託她住手。

但是她沒有，她要求所有圍觀的鎮民都進入地下室，讓管家關緊門窗，再令讓他們相互綁住彼此；其間若有家屬前來找人，管家就推說是重要的秘密會議，明天一早就會散會，請大家耐心等候。

堅持進入者便帶下來，最後也捆綁在一起。

漢默坐在角落裡，望著自己被縛起的手，他萬萬沒想到，自己也會成為被捆綁的人之一。

「為什麼要這樣做！」在施密特太太要上樓前，漢默忍不住的大吼著。

臨上樓的女人幽幽看著他，露出了抹淡淡的笑容，「因為戰爭已經結束了。」

可是，在這個鎮上，猶太與德軍的戰爭卻沒有終止，依舊有人被壓迫戕害；所以她覺得，要讓戰爭停止。

隔天一早，未參與的鄰人堂而皇之進了鎮長屋子，發現被綁起的傭人，還有地下室滿滿的人們！鬆綁後，鎮長發瘋似的衝向了施密特太太家。

女人坐在漢默為她搭建的涼亭裡，優雅的吃著早餐，所有人拿著武器指向她，歇斯底里的問著約翰在哪裡？

門開了，出現抱著娃娃，睡眼惺忪的小約翰。

他住在施密特太太家，昨晚吃了好棒的晚餐跟巧克力蛋糕，一路睡到剛剛被嘈雜吵醒為止，施密特太太沒有傷害他一根汗毛，還唱搖籃曲給他聽。

施密特太太沒有任何反抗，被警察逮捕了。

隨著她的被逮捕，她身後的秘密被揭發出來，整個鎮上最恐懼的，果然就在他們的眼前。

施密特太太正是德國人，於二戰時服役。

從一樁普通的綁架威脅案，升級成了戰犯審判，施密特太太對所有事情供認不諱，她說，她也不記得自己送走了多少戰俘罪犯，但她可以確定，裡面沒有猶太人，因為她未曾管理集中營。

但她並不後悔，她是軍人，服從命令是理所應當。

而且那是戰爭，要後悔什麼？

她當然知道等待她的是什麼，可心如止水，只是偶爾會期待會客日，那個曾說與她同行，不在意德國人或猶太人的漢默，卻始終沒有來過。

看來，身體裡流的血很重要。

「妳殺了這麼多人，從來不後悔嗎？」

雪白的房間裡，施密特太太接受精神鑑定時，心理醫師問了這個問題。

「後悔什麼？」她狐疑的蹙眉，「那是戰爭，你會問每個士兵說，他們後悔在戰場上殺人了嗎？有沒有人記得審判杜魯門？」

「安娜．韋伯小姐。」醫生用正確的名字稱呼她，她甚至未曾結婚，並不是太太，「妳沒有在戰場上。」

「但那是戰爭時期，而我是軍人，服從命令是唯一準則。」安娜．韋伯朝對醫師扔出嘲弄，「所以，現在要開始檢討我的服從了？」

醫生不以為忤，他的工作是解析她。

「妳其實隱藏得很好，只要不幫那家人出頭，沒有人會知道妳的身分，那是個偏僻小鎮。」醫生再問了：「為什麼要選擇都是猶太人的小鎮居住？又為什麼要引人注意？」

「引人注意？你把我想得像小丑似的，我從不想引人注意。」安娜．韋伯別開了視線，「我只是想做一件正確的事而已。」

「正確的定義？」

安娜．韋伯一時沒有回答，醫師也極有耐心的等待，終於，幾分後她用力做了個深呼吸。

「不會讓我餘生都後悔的事。」她肯定的回應，卻下意識擁了擁手上的泰迪熊。

這隻泰迪熊是安娜．韋伯唯一要求的東西，經過嚴密檢查後，從她家裡拿來給她。這是種很弔詭的情況，這樣一個歷經戰事的軍人，卻珍惜這麼一個其實殘破不堪的泰迪熊。

她的動作透出不安，醫師盡收眼底。

「曾經，讓妳後悔的事是什麼？後悔到不惜以自己的性命與婚姻作為代價，也要救萍水相逢的一家？」

曾經……讓她後悔的事？

她記得那是個夜晚，她抱著泰迪躲在衣櫃裡，樓下很吵，一堆人在叫囂吆喝著，然後巨大的槍聲響起，她緊緊抱著泰迪，把臉都埋了進去……女人的尖叫聲此起彼落，她更加恐懼！

突然間，門前的衣櫃開了。

映入眼前的是高大的軍官，他們的臂章紅底白圈，上頭有著卐字，她渾身開始發抖，她知道他們是做什麼的！

她也知道，叔叔家是猶太人。

「看看這是誰？這家沒有孩子啊！」

「別怕，妳是誰？妳叫什麼名字？」一個軍官伸手將她拉了出來，「又一個猶太小孩！」

「我不是！」她恐懼的尖叫起來，「我才不是，我是德國人，我叫安娜．韋伯！」

我叫安娜．韋伯！

醫師用筆尖朝桌面叩了兩下，安娜．韋伯回神，雙眼迅速對焦，她又恢復成那名淡漠的女人。

「我不想說。」安娜．韋伯直接聳了肩。

醫生嘆口氣，知道她的個性不想說便不會說，只能進入下一題。

「為什麼偏偏選中猶太人佔多數的小鎮？」

安娜．韋伯聳了聳肩，「因為我不在乎。」

「妳殺了這麼多人，看過那麼多屍體，有沒有任何後遺症？」

安娜．韋伯冷笑著，低垂眼眸搖了搖頭，「早麻痺了。」

騙子，形容自己麻木的人，卻為了不相干的一家人，暴露了自己的底細。

「不曾作惡夢？或是……」醫生刻意盯著她的臉部細微變化，「有人每晚都見到亡者，對著他們索命。」

安娜．韋伯低垂的眼神突然往上看向了醫生，接著是一抹冷笑。

「鬼嗎？那些渾身是血、飽受戰爭摧殘的鬼魂嗎？」她皺起眉。

「妳害怕嗎？」醫生前傾身子，玩味似的問著，「鬼？」

「怕，我怕！我怕死了！」她竟用哽咽的聲音喊著，「醫生，鬼到處都是啊！我怎麼不怕！」

「妳現在也看得見嗎？」醫生追問。

「你、你們都是鬼啊，整個鎮上的人全部都是鬼！」安娜．韋伯突然大笑起來，「我們每個人都是鬼，誰都比鬼還可怕，不是嗎？哈哈……哈哈哈哈……」

醫生啞然，看著狂笑中的安娜．韋伯，突然明白她的意思。

屠殺猶太人的希特勒，與反過來欺凌克拉斯科一家的鎮民們，誰又不比誰可惡呢？

絕對有殘虐的人，但是戰爭中，誰又比誰仁慈？是非對錯，誰都無法下一個確切的結論，如果服從命令是錯，那軍人又該如何自處？

鎮民們欺凌德國血統的人是對，安娜．韋伯為他們仗義就是錯誤了？

「今天就到這裡吧。」醫師關掉了錄音機，朝獄卒示意可以帶她走了。

「醫生，幫我個忙吧。」安娜．韋伯突然摘下了手裡的戒指，「替我還給鎮上的漢默。」

醫生看著那戒指，他實在不願做這件事，「妳何不在他來看妳時，親自還給他？」

「如果他願意來，我當然會親自還。」安娜．韋伯苦笑著，「他愛的是，非德國人的我。」

那些什麼不在意的屁話，果然都只能聽聽就好。

「如果，妳不出頭的話……」或許現在已經過著平淡且幸福的生活。

「如果，他是真心愛著我這個人呢？」安娜．韋伯反問著醫生，「他是愛我？還是我的血統？怎麼會因為我是德國人，他便不再愛我？」

「事情很複雜的，無法一言以蔽之。」醫生還是收下那枚戒指，「我會幫妳轉交。」

獄卒帶領安娜．韋伯離開，醫生仍在桌邊整理著剛剛的面談資料，臨出門前，她突然止步，說有句話想跟醫生說。

「醫生。」

醫生抬頭，狐疑蹙著眉。

「你猜猜我為什麼選擇了猶太人居多的社區？」

咦？醫生呆站在原地，看著她被帶出了房間，她剛剛那句話不是英語、不是德語，那是希伯來方言！

他激動的衝過去，還差點被椅子絆倒，猛然拉開門對著長廊上的安娜．韋伯大吼。

「等一下！妳難道是——」

安娜．韋伯回眸，那是醫生見到她以來，最燦爛、也最悲傷的笑容。

四十餘年前那晚，抱著泰迪熊的她被納粹軍官抱在肩上，用著毫無口音的德語，為自己改了姓，同時出賣了叔叔一家。

自此，她成了無根的人。

一個外人保護德國人，她就是「納粹同路者」；一個曾經的德國軍人保護德國人，她就是「納粹」，理所當然會袒護自己人；但如果她也是猶太人呢？以同族的身分去仗義，或許會被人指為背叛，也或許可以努力做到一種大愛的平衡……或許事情不會演變到今天這個境地。

醫生的腦中劇場百轉千迴，最後卻只能淒苦的笑起來……錯了，都錯了，哪有這些如果。

因為當年如果她承認自己是猶太人，她連成為德軍、站在這裡的機會都沒有。

鬼啊，醫生，這世界上到處都是比鬼還可怕的人啊！

後記

記得當年寫《異遊鬼簿：死靈》時，我其實還沒去過德國。

但實際去了德國，其實也看不到當初的殘忍景象，一片片矗立的柏林圍牆彩繪生動，也只是個觀光區，承載著歷史，但我們無法體會那過往的殘酷。

自己重看了一次《異遊鬼簿：死靈》，時間過得真快，十年過去，快到我完全都沒記憶了（笑）。

原來炎亭身世如此複雜，跟著看一次走一遭，真的會很喜歡這個「死小孩」，它明明是具乾屍，但為什麼說話動作就是那麼惹人喜愛？

而且還有外掛可以保護主人，好像擁有一隻也不錯啊！我想要的寵物都好難取得，最愛的是大貓熊圓仔，再來是迅猛龍小藍；現在想要一隻炎亭，感覺上都困難重重。

順便記錄一下，2020.6.28，圓仔的妹妹出生了！但我不會移情別戀的！

重出的番外這次例外寫了一個與鬼不太相關的內容，但也可以說處處是鬼；小說都是虛構的，請不要當真，只是想像著當年二戰結束後，世界的撻伐、各族類的紛爭……

時至今日，種族這件事未曾消停，「Black lives matter」在美上演，台灣人歧視新住民或移工也是司空見慣。

歧視這件事其實永遠不會消失，大到種族議題，小到日常生活的職業、收入、職等，甚至是學歷高低，人類就是個會歧視的生物。

所以，鬼啊，到處都是。

笭菁

異遊鬼簿

死靈

笭菁作品40

作者 笭菁
封面繪圖 Cash
美術設計 三石設計
總編輯 莊宜勳
主編 鍾靈
編輯 黃郁潔

出版者 春天出版國際文化有限公司
地址 台北市忠孝東路四段303號4樓之1
電話 02-7733-4070
傳真 02-7733-4069
E-mail frank.spring@msa.hinet.net
網址 http://www.bookspring.com.tw
部落格 http://blog.pixnet.net/bookspring
郵政帳號 19705538
戶名 春天出版國際文化有限公司
法律顧問 蕭顯忠律師事務所
出版日期 二〇二〇年七月初版
定價 210元

總經銷 楨德圖書事業有限公司
地址 新北市新店區中興路二段196號8樓
電話 02-8919-3186
傳真 02-8914-5524

國家圖書館出版品預行編目資料

異遊鬼簿：死靈 / 笭菁作. --初版. --臺北市：
春天出版國際, 2020.07
 面； 公分
ISBN 978-957-741-289-8 (平裝)

863.57 109010328

ISBN 978-957-741-289-8
Printed in Taiwan

苓菁作品

苓菁作品